भ्रमण और ब्रह्मांड

(उपन्यास)

अभय प्रताप सिंह

Title : Brahman Aur Brahmand

Author : Abhay Pratap Singh

Edition : 1st (October, 2024)

ISBN : 9788197082771

Published by

Regd. Add.: 254, Khuriyakhatta No. 10, Bindukhatta,
Lalkuan, Nainital - 262402, Uttarakhand, India
Website : www.prachidigital.com
E-mail : info@prachidigital.in
Phone : +91 976041 7980, +91 976041 8103
Printed by :
Manipal Technologies Limited, Bengaluru - 560001, Karnataka

समर्पण

प्रिय प्रभा,

मुझे बेहतर से बेहतरीन बनाने के लिए, धन्यवाद।

आपकी चीज़ आपको ही आत्मर्पित करता हूं।

- अभय प्रताप सिंह

ये पुस्तक भले ही "काल्पनिक' रूप से लिखी गई है लेकिन इस पुस्तक में लिखे गए एक-एक दृश्य "व्यक्तिगत' अनुभवों पर आधारित है।

– अभय प्रताप सिंह

दो शब्द

मैं हर बार की तरह इस बार भी यही कहूंगा कि मैं बहुत अच्छा लेखक नहीं हूं पर हां, हर बार कुछ सुधार करने का प्रयास करता हूं। कुछ नया लिखने का प्रयास करता हूं और करता रहूंगा।

मैं इस पुस्तक को उपन्यास के तौर पर तो नहीं बस व्यक्तिगत अनुभवों से जो थोड़ा बहुत सीखा हूं। देखा हूं। उसी को कलमकृत करने का प्रयास किया हूं।

अंततः सतर्क प्रयासों के बाद भी पुस्तक में गलतियों के रहने की संभावना हो सकती है इसलिए आप सभी अपना - अपना प्यार, आशीर्वाद और सहयोग सदैव की भांति इस बार भी बनाए रखें।

अभय प्रताप सिंह

✍ आभार

इस पुस्तक की अनुग्रह करने के लिए भगवंत अनमोल जी का। इस पुस्तक की भूमिका लिखने के लिए आशुतोष 'सांकृत' जी का। कदम से कदम मिलाकर मेरे साथ चलने के लिए और मुझे नया जीवन दिलाने के लिए आंजनेय तिवारी का।

अंत में प्राची डिजिटल पब्लिकेशन से राजेंद्र जी का मैं आभार प्रकट करना चाहूंगा। जिन्होंने मुझ जैसे युवा लेखक की पुस्तक को प्रकाशित करने का जोख़िम उठाया है और इस पुस्तक को मूर्ति रूप देकर हम सभी के समक्ष प्रस्तुत किया है।

भूमिका

कहानियों का एक दस्तूर होता है, वह हमेशा चलती रहती हैं, पर्दा गिरने के बाद भी! बदल जाते हैं तो बस किरदार!!

हर युग के नायक को वही सारी परेशानियां, वही सारे आंतरिक द्वंद्व, वही मन में चल रही तमाम उठापटक जिनके भार तले उसका जीवन महज एक चक्की की तरह गोल - गोल घूमता रहता है और साथ ही पिसते रहते हैं उसके सपने, उसकी उम्मीदें और डायरी में खुद के किए कल्पित भविष्य।

कहानी आज भी प्रेमचंद युगीन समस्याओं के इर्द - गिर्द घूमती रहती है। उन्होंने अपने समय की कालजयी रचनाओं में समाजवाद और पूंजीवाद पर चोट मारते हुए लिखा 'जब एक - एक अमीर और रईस के पास एक - एक मालगाड़ी कपड़ों की भरी हुई है तो निर्धनों को क्यों न नम्रता का कष्ट उठाना पड़े।'

हमारे समाज में आज भी इन्हीं समस्याओं के आस पास एक बड़ा तपका अपनी उमरें गुजार रहा है। कहानियां आज भी वही हैं बस एक अन्य रूमाली चोला ओढ़ के अपने नए स्वरूप में आ रही हैं।

इस उपन्यास की कहानी भी मुख्यतः समाज में उन्हीं तमाम समस्याओं से जूझती दिखती है। कहानी पात्रों के आस पास की उन चीजों को पूरी संवेदना और साहस से प्रकट करती है जिसे हमारे समाज का एक बड़ा वर्ग रोज़ाना जी रहा है। मुख्य पात्र पूंजीवाद के चंगुल से छटपटाहट से छूटने की कोशिश कर रहा है साथ ही उसके ऊपर मध्यमवर्गीय

परिवारों की तरह अपने परिवार को गरीबी की दासता से मुक्त कराना साथ ही उसके मन में चल रहे द्वंद्व, विरह छटपटाहट को साफ - साफ देखा जा सकता है। उसे जिस तरह संजोया गया है वह अदभुद है अतुलनीय है।

कहानी उन तमाम स्थितियों पर मुख्य पात्र की भूख, उसकी तड़प को उसके मन की उठापटक को उसके फैसलों के पीछे की मजबूरियों को, मन मारने के पहले की आह! को अत्यंत सावधानी पूर्वक वर्णित किया गया है जो कि इस उपन्यास का केंद्र बिंदु है।

हिंदी साहित्यकारों के विभिन्न मूल्यों को एक सही मायने में पूरी समझदारी से समेटना इस पुस्तक को पढ़ने के लिए बाध्य करता है और हमें हर छण पात्रों के स्थान पर खुद की शक्ल दिखाई देने लगती है जिससे हम कथावस्तु से बंधे रहते हैं। मेरे द्वारा पढ़ी गई उन चुनिंदा उपन्यासों में से यह एक है जिसमे लेखक की प्रतिभा और ईमानदारी का वर्णन उसकी रचना शैली में दिख जाता है। निकट भविष्य में ऐसे ही लेखों और किस्सों का इंतजार करते हुए इस उपन्यास को लिखने के लिए लेखक अभय प्रताप सिंह को साधुवाद और शुभकामनाएं प्रेषित करता हूं।

- आशुतोष 'सांकृत'

पुस्तक के विषय में

युवा ओजस्वी लेखक श्री अभय प्रताप सिंह हमारे अपने शहर रायबरेली के गांव बेनीकोपा (कबीर वैनी) के रहने वाले हैं। अभय की अभी तक कई पुस्तकें प्रकाश में आ चुकी हैं जिनकी वजह से अभय हमेशा विद्यार्थियों को लेकर हमारे इस समाज को लेकर चर्चा में बने रहते हैं।

पुस्तक "भ्रमण और ब्रह्मांड" में जिस तरह पात्रों को दर्शाया गया है और उन्हे समझाया गया है। उसे देखकर, यही लगता है कि अभय खुद उन पात्रों के इर्द - गिर्द घूम रहे थे। इस पुस्तक को पढ़ने के बाद बिना देरी किए हम समझ सकते हैं की जिस प्रकार से पात्रों को, उनकी दृश्यों को दर्शाया गया है इससे यह महसूस होता है मानो इस पुस्तक को लिखा नहीं बल्कि जिया गया है। इन सब के बावजूद इस पुस्तक में बड़ी सी बड़ी बातों को कविताओं के तौर पर पंक्तियों में समेटना यकीनन सराहनीय है।

-तारा इक़बाल

(अंतर्राष्ट्रीय शायरा)

सफलता का मतलब सिर्फ़ सरकारी नौकरी नहीं होती है बल्कि सफलता का मतलब होता है सफ़ल इंसान। लेखक अभय प्रताप सिंह पुस्तक "भ्रमण और ब्रह्मांड" के माध्यम से उस मर्म को पाने की कोशिश किए हैं जोकि काफ़ी हद तक सफ़ल भी रहे। ये पुस्तक यकीनन उन सभी सवालों के ज़वाब देने में सक्षम है जिसे हम हर पल, हर समय ढूंढने की कोशिश करते हैं। पुस्तक "भ्रमण और ब्रह्मांड" की आख़िरी की वो कुछ पंक्तियां दिल दहला देती हैं जिन्हें आप आगे पुस्तक में अवश्य पढ़ेंगे।

-श्याम सिंह सोमवंशी

(एडवोकेट, प्रयागराज उच्च न्यायालय)

विद्यार्थी जीवन में घटित तमाम घटनाओं को अपने शब्दों में वर्णित करना उन्हें सजोना लेखक श्री अभय प्रताप सिंह जी की कला है जिसके लिए वो जाने जाते हैं। गद्य लिखना आसान बात नहीं है बल्कि यह चुनौतीपूर्ण कार्य है। इसे लिखते समय हमें कई बातों का ध्यान रखना होता है। मैं देखता हूं की तमाम विद्यार्थी उन्हीं सवालों के जवाब ढूंढने के लिए भटकते रहते हैं जिन्हें इस पुस्तक में श्री अभय जी द्वारा चिन्हित किया गया है। "भ्रमण और ब्रह्मांड" पुस्तक यकीनन तमाम सवालों के जवाब देने में सफ़ल रहेगी।

जिस प्रकार से पात्रों व चरित्रों को, दृश्यों को कविताओं के ज़रिए प्रदर्शित किया है वो प्रशंसनीय है। श्री अभय जी की ये पुस्तक धनवान - निर्धन, गांव - शहर के बीच की अंतर एवं समाज की कुरीतियों को भी दर्शाती हैं। श्री अभय की यह लेखन कला अविराम रहे, यही कामना है।

-डॉ. संतलाल

(हिंदी भाषा सलाहकार)

उपन्यास "भ्रमण और ब्रह्मांड" यकीनन विद्यार्थियों के लिए लाभप्रद है। इस पुस्तक को पढ़ने के बाद महसूस होता है कि "लेखक अभय प्रताप सिंह विद्यार्थियों के लिए उनके इर्द - गिर्द लिखने के लिए जाने जाते हैं।" शत प्रतिशत सत्य है।

इस पुस्तक में जिस प्रकार से लेखक ने "छात्रयात्रा" को अपने शब्दों से वर्णित किया है संभवतः काबिले तारीफ़ है। पुस्तक में जिस प्रकार से पात्रों को दर्शाया गया है उन्हें वर्णित किया गया है। यह सब देख कर, पढ़ कर महसूस होता है की लेखक के द्वारा कलम का उचित ढंग से सदुपयोग किया गया है। इतना ही नहीं इस पुस्तक में जिस प्रकार से कविताओं "भागवान जाने, तो कैसे रहूंगा मैं और पापा बदल गए हो क्या?" की माध्यम से बहन - बेटियों की तकलीफों, समाज की समाजिकताओं और समाज की कुरीतियों पर जिस प्रकार से चोट पहुंचाया गया हैं उसे वर्गीकृत करना सबके लिए संभव नहीं है।

-अवधेश पटेल (असिस्टेंट प्रोफेसर)

दर्शनशास्त्र विभाग एल . एस . आर . कॉलेज फॉर वूमंस (डी.यू.)

इतनी छोटी सी उम्र में किताबें लिखना वाकई काबिले तारीफ़ है। जिस उम्र में आज़ - कल के बच्चों को खुद की ज़िम्मेदारी नहीं पता होती है उससे भी कम उम्र में अभय प्रताप सिंह ने "भ्रमण और ब्रह्मांड" जैसी पुस्तक लिखने का जोखिम उठाया और उसे लिखा भी। अभय की लिखी पुस्तक "भ्रमण और ब्रह्मांड" सच में अनेकों परिश्रमी विद्यार्थियों की अधूरी कहानी है जिसे हम कभी पूरा जानने की कोशिश ही नहीं करते हैं।

-एडवोकेट अरविंद श्रीवास्तव

(प्रबंधक आर. सी. स्कूल)

श्री अभय प्रताप सिंह जी द्वारा रची गई "भ्रमण और ब्रह्मांड" नामक शानदार पुस्तक को पढ़कर मुझे बहुत अच्छा लगा। जिसमें युवाओं को समय के महत्व को पहचानने व उसके साथ चलने की प्रेरणा मिलती है। इनकी रचना "भ्रमण और ब्रह्मांड" में विद्यार्थियों की संघर्ष और समाज द्वारा घोषित असफलता में भी सफ़लता का दृश्य स्पष्ट रूप से रेखांकित किया गया है। यह अत्यंत प्रेरणादायक पुस्तक है। इतनी सुंदर लेखनी हेतु देश के बहुचर्चित युवा लेखक और युवाओं के लिए प्रेरणा स्रोत श्री अभय सिंह जी का अभिनंदन व अनेकों शुभकामनाएं देता हूं।

पवन सिंह

(प्रबंधक, एस. बी. एस. कॉन्वेंट स्कूल)

"भ्रमण और ब्रह्मांड" पुस्तक में हम यह देखते हैं कि अभय प्रताप सिंह ने कैसे इन कहानियों को एक साथ लेकर एक अद्वितीय और समर्थनीय पुस्तक लिखी है, जो छात्रों की भावनाओं को छूने और प्रेरित करने का काम करती है। "भ्रमण और ब्रह्मांड पुस्तक" की उत्कृष्टता और इसके प्रेरक अनुभव आपको बहुत कुछ समझने में मदद करेंगे।

योगेन्द्र सिंह चौहान

(लेखक, मैकग्रा हिल इंडिया

लेखक अभय प्रताप सिंह द्वारा लिखी गई पुस्तक "भ्रमण और ब्रह्मांड" उन तमाम मानकों पर खरी उतरती है जो सभी विद्यार्थियों को सवालों और जवाबों के घेरे में रखती है। इस पुस्तक के माध्यम से जिस प्रकार लेखक द्वारा विद्यार्थियों की तकलीफों, उम्मीदों और संघर्षों को वर्गीकृत किया गया है वो हर संभव सराहनीय है।

ये पुस्तक उन तमाम विद्यार्थियों व उम्मीदवारों के लिए लाभकारी है जो खुद को रोज़ - रोज़ खत्म करते रहते हैं लेकिन अपने अभिवावकों को कुछ भी बताने की हिम्मत नहीं कर पाते हैं। ये पुस्तक उन सभी अभिवावकों के प्रति सीख साबित होती है जो अपने बच्चों व उनकी तकलीफों को समझने में असफल रहते हैं।

आर. जे. अंकुर तिवारी

(आकाशवाणी, रायबरेली)

मैंने जब भी इस भागती हुई दुनिया में चमकते हुए जगहों पर बच्चों, विद्यार्थियों व तमाम परीक्षार्थियों की ओर रूख किया उनसे सवाल - ज़वाब किया तब वो सभी मुझसे कई समस्याओं का जिक्र करते हुए मिले जोकि करने योग्य भी था। मैं कई सालों से दिल्ली में रह रहा हूं वहां के वातावरण से बहुत प्रभावित भी हूं लेकिन उन सवालों के ज़वाब, उनके दर्द, उनकी संघर्षों की कहानियों के लिए हर संभव प्रयास करने के बाद भी मेरे पास कोई ज़वाब नहीं होता था। मुझे यकीन है की लेखक अभय प्रताप सिंह की पुस्तक "भ्रमण और ब्रह्मांड" उन सभी परीक्षार्थियों के लिए लाभप्रद साबित होगी।

शिवम् दिवाकर

(सुप्रसिद्ध युट्यूबर)

साहित्य के माध्यम से हमारे बीच घटित घटनाओं को पिरोकर लिखने के लिए सबसे पहले अभय प्रताप सिंह को ढेरों शुभकामनाएं। अभय के द्वारा लिखित पुस्तक "भ्रमण और ब्रह्मांड" लाखों विद्यार्थियों की उम्मीदें हैं जिसे पढ़ने के बाद ऐसा लगता है कि इस पुस्तक को लिखने से पूर्व अभय स्वयं उस जीवन को जी कर आए हों। प्रकाश नाम के

पात्र का इतना मेहनत करने के बाद भी असफल रहना, एक नौकरी के लिए अपना सबकुछ कुर्बान करना, यहाँ तक अपनी प्रेमिका प्रिशा को भी खो देना वास्तव में बहुत मार्मिक है।

राजपाल सिंह

लेखक (युनिवर्सल सामान्य हिन्दी)

मैं हास्य कवि होने के नाते आपको हंसाने, गुदगुदाने और छोटी - छोटी खुशियां देने की कोशिश करता हूं लेकिन लेखक अभय प्रताप सिंह इतनी कम उम्र में ही अपनी कलम की नोक से इन सबके साथ - साथ आपको रुलाते भी हैं। रोना कुछ लोगों के लिए अच्छी आदत होती है तो वहीं कुछ लोगों के लिए बुरी भी परंतु इस पुस्तक को पढ़ने के बाद जो आंसू आएंगे वो सिर्फ़ और सिर्फ़ अच्छे के लिए होंगे।

आप चाहे धनवान हों या फ़िर निर्धन, पर कहीं न कहीं, किसी न किसी मोड़ पर आकर आपको खुद से समझौता करना ही पड़ता है जोकि हम अभय की इस पुस्तक "भ्रमण और ब्रह्मांड" से बहुत ही आसान तरीके से सीखते हैं।

विद्यार्थी जीवन की तमाम समस्याओं, उनकी परेशानियों और गतिविधियों को जिस प्रकार से वर्गीकृत, वर्णित किया गया है अत्यंत सोचनीय है

विनीत पाण्डेय "हास्य कवि"

(लपेटे में नेता जी)

सफलता बड़ा ही प्यारा नाम लगता है लेकिन इसको लेकर हमारे मन में जो दुविधाएं आती हैं वो काफ़ी चिंतित करने वाली रहती हैं। सफलता नाम से ही हमारे मन में उठने वाले सवाल कब, क्यों, कैसी? हैरान कर देती हैं। हमारे जैसे तमाम इंसान, युवाओं और विद्यार्थियों का सपना सिर्फ़ सफलता पाना ही होता है परन्तु हमारे मन में बस यही सवाल उठता है कि कब हमारा मन, हमारी दुविधाओं को खत्म करने के बाद हमें संतुष्ट करेगी।

चलो जानते हैं की ये सफलता आखिर है क्या?

एक व्यक्ति जब दूर निकलता है तब उसे सफलता चाहिए, जब कोई व्यापार करता है तो उसे भी सफलता चाहिए। कोई पढ़े या न पढ़े, मेहनत करे या न करे लेकिन सफ़ल होने का प्रयास ज़रूर करता रहता है। अजीब चीज है ये सफलता भी, हर कोई बस सफलता ही चाहता है। हम जितने भी उदाहरण दें सब किंचित मात्र हैं। सफलताओं एवं असफलताओं के बीच का सत्य ही लेखक अभय प्रताप सिंह की लिखी पुस्तक "भ्रमण और ब्रह्मांड" है। इतनी छोटी उम्र में, इतनी बारीक चीज़ों का, बातों का अनुभव करके उन्हें पुस्तक के रूप में प्रस्तुत करना आसान बात नहीं है।

-गौरव कुमार

(अभिनेता)

कभी - कभी लगता है की खुशियां किसी चीज़ की मोहताज नहीं होती हैं। सत्य व असत्य का ये पैमाना भले ही दुविधा जनक है लेकिन अभय प्रताप सिंह द्वारा लिखित पुस्तक "भ्रमण और ब्रह्मांड" तमाम बिंदुओं पर पारदर्शी साबित होती है।

पुस्तक में दर्शाए गए सभी दृश्यों को पढ़कर, पात्रों को देखकर ये प्रतीत होता है कि इस पुस्तक को लेखक द्वारा लिखा ही नहीं बल्कि जिया गया है। प्रकाश, अभी, रोहन, माधव, इशिका, प्रिशा और हिती जैसे वो तमाम पात्र पाठकों को आखिरी तक बांधे रखने में सक्षम हैं। पुस्तक "भ्रमण और ब्रह्मांड" सभी विद्यार्थियों, उम्मीदवारों की तरह हम सभी का मन मोहने में सफ़ल साबित होती है।

-अखिल श्रीवास्तव

(संपादक अनकट News)

युवा लेखक अभय प्रताप सिंह द्वारा लिखी गई पुस्तक "भ्रमण और ब्रह्मांड" सिर्फ़ पुस्तक ही नहीं है बल्कि वो उन तमाम विद्यार्थियों का संघर्ष है, तमाम विद्यार्थियों की नई आशाओं का किरण है जो बिन एक शब्द मुख से कहे विद्यार्थीयों की दर्द बयां करने में और अभिवावकों का अपने बच्चों के प्रति हृदय परिवर्तन कराने में सफ़ल है। हमारे बच्चे

किन - किन परिस्थितियों से रोजाना गुजरते हैं, उनसे लड़ते हैं और पूरी लगन व ईमानदारी से मेहनत करने के बाद यहां तक अपना सबकुछ खोने के बाद भी समाज के द्वारा बनाई गई सफ़लता के पैमाने पर न उतर पाने का दर्द ये पुस्तक हमें समझाने में सफ़ल रहती है। तमाम परीक्षाओं में सफ़लता पाने, लाख़ अच्छाइयां होने और कठिन परिश्रम के बावजूद भी " प्रकाश" नाम के पात्र का समाज के द्वारा बनाए गए सफ़लता के पैमाने में खरा न उतर पाना और असफल होना अत्यंत दुःखदाई है। परंतु पिता जी और प्रेमिका की नज़रों में सफ़ल होना अधिक खुशमई भी है। उपन्यास के आख़िरी पृष्ठ पर "प्रकाश" के द्वारा "प्रिशा" के लिए लिखे गए कुछ शब्द वास्तिविक तौर पर अधिक मार्मिक है।

"हे डायरी,
तुम मेरी प्रिशा हो न,
मैं तुमसे दिल की बातें करने आया हूं,
तुम सुन रही हो न,
उफ़! प्रिशा, डायरी बंद।"

-अखिलेश पाण्डेय

इतिहास लेखक और वरिष्ठ अध्येता (डी. यू.)

मैं हर रोज़ तमाम बच्चों को, विद्यार्थियों को, उम्मीदवारों को आते - जाते देखता हूं। कईयों से बातें करता हूं। कईयों को सही - गलत भी बताने की कोशिश करता हूं। इतना कुछ करने के बाद भी मुझे लगता है कि मैं शायद उनकी उस मर्म तक पहुंचने में असमर्थ रहा हूं लेकिन पुस्तक " भ्रमण और ब्रह्माण्ड " पढ़ के लगता है कि पुस्तक के लेखक अभय जी उस मर्म को पाने में समर्थ रहे, सफल रहे जिसमें मैं खुद असमर्थ और असफल मानता हूं।

- राहुल यादव

पत्रकार (एबीपी न्यूज़ दिल्ली)

1 -

रंगों का त्योहार है पर, खुशियां भी अपार है
खिलखिलाते चेहरे जिसमें, प्यारी मुस्कान है।
ये खुशियां कुछ पलों में ही यूं ढल जाएंगी
जब बच्चे पूछेंगे, मम्मी खाना क्या बनाएंगी?

2 -

आप पहले वाले पापा नहीं रहे, कुछ हुआ है क्या?
अब, आप भी मुझे भूल गए, बदल गए हो क्या?

- अभय प्रताप सिंह

(इसी पुस्तक से)

1.

'दिन तो बीत गया किसी तरह, बाबू साहब,
बच्चों को अंधेरे से डर लगता है।'

शाम का वक्त था। बरसात की बूंदें और तेज हवाएं अपना करतब दिखा रही थी। गांव के कुछ घरों में जश्न का माहौल था और उस गांव के एक छोर पर कुछ घर ऐसे थे जहां जश्न तो नहीं, पर हां, आंखों में उदासी देखी जा सकती थी । इस पल को देख कर, महसूस कर, ये भाव प्रकट हो रहा था जैसे-

वर्षा की वायु से और जश्न का उदासी से जंग चल रही हो।
ऐसी जंग जिसमें विजेता को पता हो कि वो जीत जाएगा।

ठीक इसी प्रकार गांव के किनारे बसा सुक्खू दादा का परिवार जश्न से तो नहीं पर उदासी से ज़रूर घिरा हुआ था। सुक्खू दादा की आंखें मानो ये कह रही हों कि-

'हे प्रभू किस जन्म का बदला ले रहा है तू।'

समय के साथ विकसित न हो पाने के कारण सुक्खू दादा का परिवार गांव के एक कोने में ही सिमट कर रह गया। भले ही उस घर में खुश रहने के लिए कोई साधन - संसाधन नहीं था पर, दुःखी रहने के लिए वो सारी चीज़ें, बातें मौजूद थीं जो इंसान को दुःखी करने में सफ़ल रहती हैं।

गांव के एक छोर में विकास, साधन - संसाधन, मजबूत ईंटों से बने पक्के घर, आराम दायक बैठकें, जहां बरसात की एक बूंद भी न टपके, ऐसी व्यवस्था पर दूसरी तरफ़ बिलकुल इसके विपरीत।

गांव के एक छोर में खाने की इतनी सामग्री कि परिवार सालों साल खाए तब भी खत्म न हो। दूसरी तरफ़ रोज़ लाओ, रोज़ खाओ अभियान।

सुक्खू दादा का घर कुछ यूं था कि बरसात, हवा तो छोड़िए मजबूत इरादें भी चली जाएं तब भी उड़ जाए। घास फूस से बनी झोपड़ी जो तेज़ हवा, पानी बर्दास्त करना तो दूर,

सह भी न पाए।

सुक्खू दादा के परिवार में भले ही तकलीफें थीं। समस्याएं थी। मुसीबतें थीं। सुक्खू दादा भले ही फटे हुए कपड़े पहन घूम रहे थे पर उनके पास वो परिवार था जो कभी ये भी अहसास नहीं होने देता था कि -

आज़ मुझे ये दुःख है।

आज़ मुझे ये दर्द है।

गांव की एक तरफ़ वो सब कुछ था जो एक इंसान को जीने के लिए चाहिए, परिवार को जीने के लिए चाहिए और समाज में थोड़ा अलग (उच्च कोटि के) दिख सकें।

दूसरी छोर के एक कोने में भले ही सुक्खू दादा के पास कुछ नहीं था पर, उनके पास कुछ ऐसा था जोकि दूसरे छोर के लोगों के पास, उनके परिवार के पास, उन सभी के बीच नहीं था।

एक तरफ़ फटे हुए आस्तीन में फंसे वो रिश्ते जो बोल रहे थे कि मैं तुम्हारे साथ हूं तो दूसरी तरफ़ मजबूत आस्तीन से बिखरते समाज के कुछ नियम और मजबूत ईंटों की दीवारों को चीरती हुई निकलने को तैयार समाज की सामाजिकता जो किसी को कुछ तो किसी को कुछ और बनाती हैं।

कुछ को इतना भी नही मिलता है कि वो जिंदा रह सकें और वहीं कुछ को इतना मिल जाता है जिसके वो योग्य ही नहीं होते।

सुक्खू दादा अपने परिवार के साथ 'रोज़ कमाओ रोज़ खाओ' वाले अभियान की तरह अपना और अपने परिवार का गुजर - बसर कर रहे थे जोकि इतना आसान नहीं था। अगर खुले शब्दों में कहें तो, जीवन काट रहे थे क्योंकि 'जीवन जीने और काटने में जमीं-आसमां का अंतर' होता है।

कहते हैं कि -

'समय को अगर समय से पहचान लो, तब तो ठीक है,

वर्ना समय जब समय दिखाता है तो बर्दास्त नहीं होता है।'

सुक्खू दादा और उनके परिवार का हाल मानो ठीक इसी प्रकार था।

2.

रोजमर्रा की जिंदगी से जूझ रहे सुक्खू दादा और उनका परिवार धीरे - धीरे खुद को आगे बढ़ाते हुए, लोगों की गालियां सुनते हुए बची हुई जिन्दगी काट रहे थे। उनका संघर्ष किसी अभिशाप से कम नहीं था।

बीते वर्ष की तो बात है जब गांव के कुछ बड़े बाबू लोग सुक्खू दादा को धमका कर गए थे। धमकाना ख़ैर कोई बड़ी बात थी भी नहीं क्योंकि ये सुक्खू दादा के साथ कोई पहली बार नहीं हुआ था। बड़े लोगों के द्वारा छोटे लोगों को धमकाना, उनका हिस्सा लेना, हाथापाई करना या फिर गाली गलौज करना अधिकतर हर जगह देखने को मिल ही जाता है। हर गांवों में, कस्बों में, शहरों में वैसे तो तमाम प्रकार के इंसान मिलते हैं। अमीर, गरीब, सुंदर, बेहद सुंदर, उससे भी ज्यादा सुंदर, हस्ट - पुष्ट पर इस गांव में इन सबके साथ - साथ कुछ ऐसे भी थे।

अमीर पर दिमाग से गरीब

गरीब पर दिमाग से अमीर

कमज़ोर पर दिमाग से मजबूत

मजबूत पर दिमाग से कमज़ोर

अगर कुछ शब्दों में इसका मूल्यांकन करें तो वो लोग जो हमेशा डगमगाए हुए रहते हैं। जिनका न तो खुद पर नियंत्रण होता है और न ही जुबान पर।

कहते हैं कि -

'गरीबों के हित में लड़ने वाले लोग अमीर हो जाते हैं और गरीब वहीं के वहीं रह जाते हैं।'

ये कहावत सुक्खू दादा के ऊपर बिलकुल सटीक बैठ रही थी क्योंकि सुक्खू दादा को लेकर, उनकी परिस्थितियों को लेकर गांव के मुखिया जी के पास सरकारी योजनाएं पहुंच तो जाती थी पर वो मुखिया जी तक ही रह जाती थी। इस ग्राफ को हम कुछ यूं समझ सकते

हैं।

नाम - सुखेंदर (सुक्खू दादा)

योजना - गरीबों के लिए सरकारी लाभ

लाभार्थी - मुखिया जी।

ये बात भी बिल्कुल सही है कि हर जगह हर इंसान ख़राब नहीं होता है कई सारे बहुत अच्छे भी होते हैं। इस गांव में भी बहुत सारे लोग बहुत अच्छे थे जिनको सामने वाले की परेशानी खुद की परेशानी की तरह दिखती थी।

'मैं हूं, तुम हो, हम दोनों हैं,

पर जिंदा कोई एक ही रहेगा।'

कहते हैं कि -

'जो सबक खाली पेट, खाली जेब सिखा दे,

वो कोई स्कूल और कॉलेज नहीं सिखा पाता है।'

मध्यम वर्ग के लोगों को हम एक नया नाम भले ही देते हैं, उनको लेकर नया समाज भी बना देते हैं, कभी - कभी कई सारे आरोप भी लगा देते हैं। हमारे पास भले ही वो सारी कलाएं, विद्या न हों जो उनके पास हैं पर हमारे पास वो है जो उनके पास नहीं है।

क्या ...?

'एक रोटी को टुकड़ों में बांट कर खुशी - खुशी खाना।'

तकलीफें, मुसीबतें, परेशानियां आती रहती हैं, तमाम प्रकार के सीख भी देती हैं, ज्ञान भी देती हैं। या यूं कहें की समय से पहले समझदार बना देती हैं। दिन बीते, साल बीते पर सुक्खू दादा के जीवन में कुछ नहीं बदला। अगर कुछ बदला भी था, तो वो था, समय, तारीख़ और साल।

3.

होली का त्योहार था। आज़ गांव के प्रत्येक घर रंग - बिरंगे दिख रहे थे। अपार खुशियां दिख रही थी। उन्हीं खुशियों के घेरों में जश्न मनाता हुआ सुक्खू दादा का परिवार। जो अपनी होली कुछ इस अंदाज़ में मना रहा था मानो उनके बीते दिन हमेशा के लिए चले गए हों। सुक्खू दादा और उनके परिवार के सभी सदस्य बहुत खुश लग रहे थे। दुनिया में कोई भी चाहे जितना खुश रह ले पर घर का मुखिया?

हम जैसे मध्यम वर्गीय परिवार भले लाख तकलीफें उठा लें, भले ही करोड़ों मुसीबतों से घिरे हों पर परिवार का खिलखिलाता चेहरा देख सब कुछ भूल जाते हैं। ठीक इसी भांति सुक्खू दादा आज़ सभी खिलखिलाते चेहरे देख, आंखों में आंसू भर, कल की बातें, समस्याएं, चेहरे पर खुशी देख, बीते दिनों को सोच कर मानो ये कहना चाह रहे थे कि -

रंगों का त्योहार है पर, खुशियां भी अपार हैं
खिलखिलाते चेहरे जिसमें, प्यारी मुस्कान है।
ये खुशियां कुछ पलों में ही यूं ढल जाएंगी
जब बच्चे पूछेंगे, मम्मी खाना क्या बनाएंगी?

कहीं सबकुछ, बस मेरे घर ही इंतज़ार होगा
वो खरीदेंगे, खाएंगे, गर कुछ देंगे अहसान होगा।
लाल, हरे, नीले, पीले, रंगों का भरमार होगा
उनके यहां होगी होली, मेरे यहां बस इंतज़ार होगा।

रंग -बिरंगे उनके घर, जहां महकती पूड़ी, पकवान
घर तो यहां भी है, पर होगा, हे भगवान! हे भगवान!

बच्चे तो बच्चे हैं, उन्हें क्या पता अच्छा - बुरा इंसान
हम तो उनके हैं, जो देगा वही इंसान, वही भगवान।

कुछ देर रुक,
लंबी आह भरने के बाद ...

कोई बचाएगा उनको, कोई करेगा बस खिलवाड़
कुछ के कदमों में होंगे कांटे, कुछ के मर्यादा पार।
ओह! अच्छा, कल तो कुछ प्रेमी होंगे, न सुक्खू
सिंदूर बहाने गुलाल लगा, वो करेंगे मर्यादा पार।

लंबी आह भरने के बाद सुक्खू दादा...
ओह! उफ़...

कुछ पलों के बाद...सुक्खू दादा उन्हीं रंगों के बीच आ गए जहां से वो बीते दिन चले गए थे। दादा का कांपता शरीर, कांपते होंठ, उलझा हुआ दिमाग, उदास चेहरा, थके हुए लफ़्ज़, साफ़ - साफ़ बयां कर रहे थे मानो वो कोई बुरा सपना देख रहे हों।

एक तरफ़ जश्न - ए - होली, रंग - बिरंगी पिचकारियां और उनमें से निकलते तेज़ रफ़्तार में पानी की धाराएं, गुलालों से रंगे सभी चेहरे, होली की ध्वनियों में मचलते बड़े लोग।

वाह!

मज़ा गया।

दूसरी ओर तमाम तकलीफों, समस्याओं और परेशानियों को भुला, जश्न में मगन सुक्खू दादा और उनका परिवार जो सन 1981 और 2003 के गाने 'रंग बरसे भीगे चुनर वाली और होरी खेलें रघुबीरा' में मानो मदहोश होकर खुशियों में झूम रहे थे।

खुशियों में झूमना जायज़ भी तो था।

आख़िर उनका बेटा बड़ा जो हो गया।

जी हां,

बिलकुल सही सुना आपने।

मैं (अभी)

प्रकाश (मेरा दोस्त) इस घर का बड़ा बेटा।

4.

'रात में आप जगते हो,

या रात आपको जगाती है।'

इन दोनों में अंतर होता है।

घर के बाहर चारपाई पर लेटी इशिका आसमान की ओर देख रही थी। कभी करवट एक तरफ़ ले तो कभी दूसरी तरफ़। आंखों में नींद मानो गायब ही हो गई हो, बस रात खत्म होने का इंतजार, करवटें और धीमी गति से चल रही हवाएं।

आज़ इशिका मम्मी से भी पहले सोकर उठ गई थी। शायद वो कल रात सही से सो नहीं पाई होगी, क्योंकि इशिका इसके पहले कभी इतनी जल्दी नहीं उठी थी।

आज़ इशिका जल्दी से उठी, झाड़ू उठाई और घर साफ़ करने लगी। वो झाड़ू लगा ही रही थी कि देखी उसके सामने एक डायरी पड़ी है और उस डायरी के कुछ पन्ने बाहर बिखरे हुए हैं। उसने उस डायरी को उठाया और उन बिखरे हुए पन्नों को समेट कर, एकजुट कर ऊपर वाली ताक पर रख दी और झाड़ू लगाते हुए आगे बढ़ गई। वो अंदाजा लगाई की पक्का ये डायरी इसी ताक से गिरी होगी।

कुछ देर बाद ...

इशिका को लगा की उसे डायरी पढ़ लेनी चाहिए थी पर उसने नहीं पढ़ा।

उसने अपने कदमों को आगे बढ़ाया, दो कदम चली फिर रुक गई।

वो फिर से आगे बढ़ी, दो कदम चली रुक गई।

कहते हैं कि -

'ज़िंदगी भर सुलगने से कई गुना ज्यादा अच्छा होता है पल भर में जल जाना।'

कुछ देर सोचने के बाद...

इशिका ने दोबारा अपने कदम आगे बढ़ाए और इस बार उस डायरी को अपने हाथों में लेने के बाद उसमें लगी हुई मिट्टी को साफ़ करने लगी। इशिका ने डायरी खोला, उसने

देखा कि उस डायरी में सिर्फ कुछ पन्ने ही लिखे थे बाकी के सारे पन्ने बिलकुल साफ़ थे जिसमें कुछ भी नहीं लिखा था।

इशिका डायरी खोली और पढ़ने लगी। जिसमें सबसे पहले कुछ खास नहीं लिखा था। बस घर वालों के नामों के सिवा।

प्रकाश की डायरी से...

नाम - प्रकाश

पिता का नाम - सुखेंदर (सुक्खू)

माता का नाम - मोहिनी

भाई - माधव और बहन - इशिका।

कहते हैं कि -

'जो लोग कुछ बोल नहीं पाते अक्सर कुछ न कुछ लिख लिया करते हैं।'

डायरी के पन्नों से...

प्रकाश - पापा मुझे पता है कि आप बहुत मेहनती हो। मुझे पता है कि आप ईमानदार हो। मुझे पता है कि हम लोगों के लिए आप इस उम्र में भी काम कर रहे हो। बस हमें ये नहीं पता है की हम जीवन में क्या करेंगे? बहन क्या करेगी? माधव क्या करेगा।?

अब तो बहन भी शादी लायक हो गई है। माधव भी पढ़ रहा है। मैं भी पढ़ रहा हूं। घर भी चलाना है। मुझे इस बात का दुःख है कि मैं आपकी मदद नहीं कर पा रहा हूं। आप जब भी परेशान होते हो तब मुझे बिलकुल भी अच्छा नहीं लगता है। मां की आंखों से निकले आंसू तो बता देते हैं कि मां दुःखी है।

पर पापा, मैंने कभी आपके आंखों में आंसू नहीं देखा है।

आप रोते नहीं हो क्या?

पापा क्या आप कभी नहीं रोए?

5.

सुक्खू दादा पढ़े - लिखे नहीं थे इसलिए वो सोच रहे थे की उनके बच्चे अच्छे से लिख - पढ़ लेंगे तो उन्हें वो काम नहीं करने पड़ेंगे जो वो किए हैं। दादा का सोचना जायज़ भी था। आखिर कौन सा बाप चाहेगा कि उसके बच्चे मजदूरी करें, लोगों की ताने सुनें, लोगों की गालियां सुनें। सुक्खू दादा भले ही पढ़े - लिखे नहीं थे पर वो किसी न किसी तरह दिन रात मेहनत कर के अपने बच्चों को ज़रूर पढ़ा रहा थे और अपना परिवार चला रहे थे।

प्रकाश की डायरी से ...

पापा मुझे याद है कि आपने किस तरह दिन - रात मेहनत करके हमारा पेट भरा है, हमें पाला है, मुझे याद है जब आप और मम्मी हम लोगों को खाना खिलाकर खुद कई बार भूखे ही सो गए थे। ये कोई पहली बार नहीं हुआ था। कई बार हुआ है, बस आप दोनों ने हमें इस बात का कभी अहसास नहीं होने दिया था।

पापा आप भरोसा करिए मैं एक दिन ऐसा लाऊंगा जिस दिन आप कहोगे, मेरा बेटा बड़ा हो गया है अब मुझे ज्यादा काम नहीं करना पड़ेगा। अब मुझे हर जगह कमाने नहीं जाना पड़ेगा। अब मुझे किसी की गालियां नहीं सुननी पड़ेगी।

×××

अब तक सुक्खू दादा और मोहिनी की उम्र भी बहुत हो गई थी। इशिका घर में सबसे बड़ी थी, फिर प्रकाश और उसके बाद माधव। इशिका करीब 20 साल, प्रकाश 17 वहीं माधव 15 साल का था।

'वक्त और हालात से लड़ कर,
बच्चे उम्र से पहले ही समझदार हो जाते हैं।'

दादा के तीनों बच्चे समझदार, बुद्धिमान और पढ़ाकू थे। हालात चाहे जैसे भी रहे हों घर के, पर न तो दादा पढ़ाने में चुके, कोई कसर छोड़े और न ही बच्चे पढ़ने में। अगर दादा ये सब करने में सफ़ल रहे तो इसमें मोहिनी की भी अहम भूमिका थी।

एक तरफ़ दादा अच्छा - बुरा जो भी कमा कर लाते थे, दूसरी तरफ़ मोहिनी उन्हीं पैसों से अपना घर बिना एक भी बहाना किए चलाती थी।

प्रकाश की डायरी से -

पापा आप चिंता मत करो। मैं बड़ा हो गया हूं। मैं सबकुछ सही कर दूंगा। मैं बहुत मेहनत करूंगा और एक दिन आपका ये बड़ा बेटा आप सभी को वो सारी चीजें दिलाएगा जो आपको, मम्मी को, बहन को और माधव को चाहिए।

प्रकाश की डायरी के कुछ पन्नें जिसके अंत में एक सवाल लिखा था जिसे पढ़ने के बाद इशिका के आंखों में आंसू आ गए थे।

सवाल ...

प्रकाश - आज़ मैं जब नीम के पेड़ के नीचे बैठ कर कुछ सोच रहा था तभी देखा की माधव मेरी ही तरफ़ बढ़ता चला आ रहा है और देखते ही देखते कुछ ही देर में वो मेरे पास पहुंच गया और बोला...

भईया मुझे आपसे कुछ पूछना है

मैं - बोलो

माधव - गुस्सा तो नहीं होगे

मैं - नहीं

माधव- पक्का

मैं - हां

माधव - भईया मुझे आपसे ये जानना था कि हमारी जो इच्छाएं हैं वो खत्म क्यों नहीं हो रही है। आख़िर कब तक खत्म होगी?

मुझे माधव का ये सवाल समझ ही नहीं आया था इसलिए मैं ख़ामोश होकर बोला - पता नहीं

माधव - देखो न हमारे यहां कितने सारे लोग हैं जो अथाह धनवान हैं लेकिन वो कभी हमारी मदद नहीं करते हैं। उनके पास कितना ज्यादा धन है अगर वो चाहें तो पूरे गांव में बांट दें तब भी खत्म नहीं होगा, वो चाहें तो क्या कुछ न कर दें, उनके पास इतना पैसा है की वो कुछ भी कर सकते हैं। जो कुछ भी चाहें वो कर सकते हैं।

मैं - ख़ामोश रह गया।

6.

प्रकाश जैसे बच्चों को जितनी जल्दी हालात बड़ा करते हैं। जितनी जल्दी तकलीफें मजबूत बनाती हैं। शायद ही कोई बेबी प्रोडक्ट करता होगा।

खुशियों में झूमना जायज़ भी तो था।

आख़िर उनका बेटा बड़ा जो हो गया।

कुछ याद आया ...

नहीं,

चलिए मैं आपको प्रकाश के शब्दों में विस्तार से बताता हूं।

होली,

याद आया

नहीं...

कोई बात नहीं।

उस दिन मेरे घर के सभी सदस्य होली के त्योहार में मगन थे। मानो उनकी जिंदगी की सारी तकलीफें छू मंतर हो गई हों। उनको लग रहा था कि अब हमारे घर की सारी तकलीफें खत्म हो जाएंगी। सबकुछ सही हो जाएगा।

हम मध्यमवर्गीय परिवार से आते हैं। हमारे यहां सिर्फ़ बच्चे ही नहीं बड़े होते हैं बल्कि उनके साथ - साथ बड़ी होती हैं घर की इज्ज़त, मान - सम्मान, जिम्मेदारियां और अपनों की उम्मीदें।

उस दिन सिर्फ़ पापा ही नहीं, मैं भी सोच रहा था की आज़ की खुशियां देखो कितने दिनों तक बरकरार रहती हैं, कितने समय तक चलती हैं?

मैंने घर पर बोल तो दिया था की पापा मैं बाहर जाकर नौकरी करना चाहता हूं। मैं आपके बुढ़ापे की लाठी बनना चाहता हूं। मैं घर की वो सभी जिम्मेदारियां अपने ऊपर लेना चाहता हूं जो अभी तक आप लिए थे। मैं बहुत मेहनत करूंगा लेकिन आपको कभी

निराश नहीं करूंगा।

मैंने पापा से अपने दिल की बात बोल तो दिया था पर मुझे डर भी लग रहा था।

मैं पापा के जवाब का इंतजार करते हुए वहीं खड़ा था। कुछ देर बाद पापा लंबी आहें भरते हुए बोले, मैं इतनी तकलीफें झेलकर तुम लोगों को सिर्फ़ इसलिए पढ़ाया था कि तुम लोग भी मेरी तरह मेहनत - मजदूरी करो।

बोलो?

पापा मुझे पता है की आपने बहुत मेहनत किया है, आपने बहुत तकलीफें भी झेली हैं और अभी तक झेलते चले आ रहे हो। पापा मुझसे अब आपकी तकलीफें, मां की तकलीफें देखी नहीं जाती हैं।

अब आप ही सोचो, बहन बड़ी हो गई है, माधव को पढ़ाना है, बहन की शादी भी करनी है। आख़िर आप इस उम्र में इतना सब कुछ कैसे करोगे ?

पापा काफ़ी देर तक चुपचाप बैठे हुए थे जैसे उनकी दिमाग में कुछ अलग ही चल रहा हो।

कुछ देर बाद...

पापा - पर पढ़ाई, वो कैसे करोगे?

मैं - हो जाएगा, मैं वो भी कर लूंगा

पापा - कैसे करोगे? बताओ ज़रा मैं भी तो जानूं।

मैं - पापा मैं बच्चों को पढ़ाकर कमा लूंगा, उन्हें पढ़ाकर अपना खर्च भी निकाल लूंगा और उन्हीं पैसों से मैं अपनी पढ़ाई भी कर लूंगा।

कुछ देर पापा फिर से सोचे... पर, इस बार अपनी चुप्पी और ख़ामोशी तोड़ते हुए बोले,

जाना कब है?

मैं - चेहरे पर मुस्कान लाते हुए बोला, पापा कल।

पापा - ठीक है भईया, जो कुछ भी करो सब ठीक है।

जब तक पापा चुप थे, तब तक मुझे लगा की वो मुझे जाने से रोक रहे हैं। मेरी खुशी

नहीं देख पा रहे हैं इसलिए मुझे शहर जाने से मना कर रहे हैं। लेकिन जैसे ही उनका जवाब हां में आया, मुझे अचानक डर सा लगने लगा। मेरे दिमाग में वो सारे सवाल गूंजने लगे जो मुझे लगता है कि पापा के दिमाग में भी कभी न कभी ज़रूर गूंजे होंगे।

कैसे होगा?

बोल तो दिया हूं पर,

कैसे करूंगा?

क्या होगा?

कब होगा?

अगर नहीं हुआ तो,

मेरे दिमाग में इतने सारे सवाल सिर्फ़ इसलिए गूंज रहे थे क्योंकि मैंने पापा से बोल तो दिया था कि मैं बच्चों को पढ़ाकर अपनी पढ़ाई करूंगा। जो शायद मेरे लिए इतना आसान नहीं था। मैं पापा से भले ही बच्चों को पढ़ाकर अपना खर्च निकालने वाला प्रेरणादायक विचार बोल तो दिया था लेकिन मैं इसके बारे में कभी सोचा ही नहीं था। मेरे दिमाग में तो यही चल रहा था कि कहीं भी मेहनत - मजदूरी करुंगा, अपना खर्च निकाल कर जितना बचेगा घर भेज दूंगा।

मैं शहर में क्या करता हूं?

क्यों करता हूं?

किसे पता चलने वाला है।

7.

आज़ गांव में सुबह उठते ही हलचल मची हुई थी मानो कोई भयानक व विशाल जानवर आ गया हो। कुछ लोगों के चेहरे पर खुशियां तो कईयों के ख़ामोशी भी थी। गांव के सदस्य एक - दूसरे से काना - फूसी करते हुए कारण जानने की जिज्ञासा में थे, कोई इनसे पूछ रहा था, कोई उनसे, कोई इधर तो कोई उधर। गांव का हर सदस्य बस यही जानने के फ़िराक में था कि आख़िर हुआ क्या है?

×××

प्रकाश की डायरी से...

हर गांव की तरह मेरे गांव में भी आज़ सभी परेशान दिख रहे थे, कुछ खुश भी थे, कुछ दुःखी भी थे और इन्हीं में कुछ ऐसे भी थे जो मदद वाले हांथ बढ़ाए हुए थे।

गांव में कुछ हो और वो किसी को पता न चले। असंभव।

आज़ हमारे लिए वो दिन था जिसमें मेरा पूरा परिवार बड़ा ही खुश दिख रहा था। पापा, मम्मी और इशिका के साथ - साथ गांव के कुछ लोग भी।

ये वही लोग हैं जो -

'मैं हूं, तुम हो, हम दोनों हैं,

पर, जिंदा कोई एक ही रहेगा।'

इसका तात्पर्य है कि हमारे पास उतना ही राशन है जिसमें कुछ लोग ही पेट भर खाएंगे, कुछ आधा पेट खाएंगे और कुछ पानी पीकर ही सो जाएंगे।

उफ़!

ख़ैर छोड़िए।

इस वक्त तक गांव के सभी लोगों को ये पता चल गया था कि सुक्खू का लड़का (मैं)

शहर पढ़ने जा रहा हूं। आज़ गांव में जो भी हलचल, भागा - दौड़ी दिख रहा था उसका मुख्य कारण भी यही था।

अब तक शहर जाकर पढ़ाई करने वाली बात गांव में आग की तरह फ़ैल चुकी थी। हर जगह उनका लड़का शहर, उनका लड़का शहर ही चल रहा था। कुछ लोग इस बात को मुखिया जी तक भी पहुंचा दिए थे।

कुछ ही घंटो में मुखिया जी मेरे घर पहुंच गए, मुखिया जी के घर पहुंचते ही घर के सभी सदस्य खामोश हो गए। जो परिवार अभी तक बहुत खुश था उसी परिवार में मुखिया जी को देखने के बाद सबके चेहरों के भाव ही बदल गए।

मानो कह रहे हों ...

मुखिया जी यहां कैसे आ गए?

कोई गलती तो नहीं हुई किसी से,

आख़िर बात क्या है?

मम्मी - प्रकाश कहीं तुम्हारा किसी से कोई झगड़ा तो नहीं हुआ है।

मैं - नहीं तो, मैंने किसी को कुछ भी नहीं कहा

मम्मी - तो, मुखिया जी आज़ अपने घर क्यों आए हैं?

मैं - मम्मी मैं कसम खाता हूं, मुझे इसके बारे में कुछ भी नहीं पता है।

कुछ देर बाद मुखिया जी अपनी चुप्पी तोड़ते हुए मुस्कुराए और बोले,

सुक्खू कहां है आज़? दिखे नहीं सुबह से

पापा मुखिया जी के मुख से अपना नाम सुनते ही बाहर आ गए और मुखिया जी के पास जाकर खड़े हो गए।

मुखिया जी पापा को देखते ही बोले,

सुक्खू तुम्हारा लड़का शहर पढ़ने जा रहा है और तुम मुझे बताए तक नहीं। क्या अब खुद के बच्चे की ख़बर भी मुझे दूसरों से मिलेगी?

आख़िर लड़का बाहर जाएगा, शहर जाएगा, लिखेगा - पढ़ेगा, मेहनत करेगा तो क्या मुझे खुशी नहीं मिलेगी?

पापा - ये बात नहीं है मुखिया जी

मुखिया जी - फिर क्या बात है?

जरा मुझे भी बताओ, मैं भी तो जानूं।

पापा - प्रकाश जिद्द पकड़ लिए की मैं शहर जाऊंगा। वहीं पढ़ूंगा और खुद का खर्च निकालने के लिए बच्चों को भी पढ़ाऊंगा।

अब आप ही बताओ जवान लड़का है मैं उसे जाने से कैसे मना करता ? आप ही सोचो अगर मेरे मना करने पर वो कुछ ऊंच - नीच कर लेता तब भी तो हमें ही परेशानियां उठानी पड़ती।

मुखिया जी - सुक्खू बात तो तुम लाख टके की कह रहे हो लेकिन तुम मुझे न बताकर गलत किए हो जोकि तुमको मानना ही पड़ेगा।

पापा - ज़रूर मानूंगा सरकार, मैं कहां अपनी गलती मानने से मना कर रहा हूं।

मुखिया जी और पापा की बातें हो ही रही थी की मुझे आवाज सुनाई पड़ी,

प्रकाश, ओ प्रकाश,,,

मैं उनकी आवाज़ सुनते ही बाहर निकला जहां पापा और मुखिया जी आपस में बातें करते हुए एक - दूसरे के सामने खड़े थे। मैं मुखिया जी को देखने के बाद उनका पैर छूकर आशीर्वाद लिया।

मुखिया जी - खुश रहो बेटा, खूब पढ़ो और खूब आगे बढ़ो।

मुझे पूरा यकीन है की तुम लोग अपनी मेहनत से इस गांव को एक नया पहचान दिलाओगे, नया नाम दिलाओगे इसलिए खूब मेहनत करना और इस गांव को एक नए मुकाम तक ले जाना। आख़िर इस गांव का नाम तुम लोगों से, तुम्हारी सफ़लता से और युवाओं से ही तो रौशन होगा।

मैं - बिलकुल बाबा

मुखिया जी अफ़सर बनने के बाद हमें भूलना मत (ताने भरी आवाज़ में)

मैं - अरे, कैसी बात कर रहे हो बाबा आप, आप लोगों को, इस गांव की मिट्टी को हम कैसे भुल सकते हैं?

कुछ देर मुखिया जी बातें करते रहे और हम लोग उनकी बातों को बहुत ध्यान से सुन रहे थे।

कुछ समय बीता ही रहा होगा की मुखिया जी अपनी जेब से सौ की गड्डी निकाले और मुझे देने लगे। मैं बार - बार मना कर रहा था और दुविधा भरी आंखों से पापा की ओर देख रहा था।

मैं कभी पापा की ओर देखूं तो कभी मुखिया जी की ओर, पापा भी कभी मेरी ओर देखें तो कभी मुखिया जी।

मुखिया जी मेरी ओर अपना हाँथ बार - बार बढ़ा रहे थे। आज़ उनकी ज़ुबान से बस एक ही बात निकल रही थी, लो बेटा, पकड़ो, अरे मुझे अपना चाचा समझो, ये मानो की मैं सुक्खू का बड़ा भाई हूं। लो, पकड़ो, अब बहुत हुआ, पकड़ो जल्दी।

मैं पापा की ओर लज्ज़ा भरे निगाहों से देखते हुए नोटों की गड्डी पकड़ लिया था। गड्डी देते ही मुखिया जी दोबारा से बोले, बेटा शहर में अगर तुमको किसी भी प्रकार की कोई तकलीफ़ हो तो मुझे ज़रूर बता देना, शर्माना मत।

मैं - जी बाबा

'जीवन की कुछ गलतियां ऐसी भी होती हैं जो इंसान को पूर्ण रूप से खत्म करने की चाह रखती हैं जिसके बदले में इंसान, इंसान नहीं बल्कि कंकाल बनने लगता है।'

मैंने मुखिया जी के हाँथ से पैसों वाली गड्डी ले तो लिया था लेकिन मेरे दिमाग़ में देखो ये अहसान कब खत्म होगा जैसा प्रश्नवाचक चिन्ह भी बना गया था?

कुछ देर बाद फिर से...

मुखिया जी - प्रकाश तुम मन लगाकर पढ़ाई करना, यहां की चिंता बिलकुल भी मत करना, यहां पर हम सभी लोग हैं। किसी को किसी भी बात की कोई परेशानी नहीं होने देंगे।

समझे,

मैं - जी बाबा, आप लोगों के होते हुए किस प्रकार की दिक्कत...

मुखिया जी के जाने के बाद मैं सोचने लगा कि आज़ मुखिया जी स्वयं घर आए और

पैसे भी दिए जिसे गिनने के बाद पता चला की ये कोई छोटी - मोटी राशि नहीं थी बल्कि पूरे दस हज़ार रुपए थे। इतनी बड़ी रकम हमारे घर के लिए चौकाने वाली थी क्योंकि एक साथ में इतनी बड़ी रकम मैं पहले कभी नहीं देखा था। आज़ मुखिया जी ने सिर्फ़ पैसे ही नहीं दिए थे बल्कि ये भी बोले थे की अगर कोई भी दिक्कत परेशानी होगी तो बताना ज़रूर। अब तक मुझे इसके पीछे की सारी गणित धीरे - धीरे समझ आने लगी थी।

'क्यों भरोसा करूं? किसी और पर,

जब खुद की आखें खुद को धोखा दें।'

मैं कुछ देर तक इस पर सोच - विचार करता रहा उसके बाद बाकी कामों में जुट गया।

आज़ समय इतनी जल्दी बीत रहा था मानो उसमें अचानक से कोई रफ़्तार लग गई हो।

सभी लोग अपने - अपने कामों में खोए हुए थे। सबका चेहरा खुशनुमा था। सभी एक - दूसरे से हंसी - मज़ाक भी कर रहे थे पर, मैं उनके अंदर की खामोशी को देख सकता था उसे समझ सकता था।

उस वक्त का नज़ारा कुछ यूं था...

मम्मी रास्ते में खाने के लिए खाना बना रही थी, पापा आज़ अपने आप में ही मुझे व्यस्त दिख रहे थे लेकिन खुश भी बहुत थे, बहन मेरे कपड़े पैक करने में लगी थी, माधव इधर - उधर भटक रहा था और मैं शहर जाने की खुशी से ज्यादा अपनों से बिछड़ने के दुःख में था।

शायद तीन बजा रहा होगा जब मेरे फ़ोन में रेलवे की तरफ़ से एक मैसेज आया, जिसे देखते ही मैं समझ गया था की बस कुछ ही देर में मैं यहां से, अपनो के बीच से एक वीरान जगह जाने के लिए निकल जाऊंगा। जहां न तो मैं किसी को जानता हूं और न ही कोई मुझे।

कुछ रिश्तेदार तो हैं शहर में लेकिन कौन किसको पहचानता है?

जैसे - जैसे समय बीत रहा था ठीक उसी प्रकार मेरे दिल की धड़कनें, ख़ामोशी और चेहरे की उदासी बढ़ती चली जा रही थी। अगर मैं उस वक्त को कुछ शब्दों में समेटूं तो वो पल, वो वक्त कुछ यूं रहा होगा,,,

'मैं जो कुछ भी था, वो बचा ही नहीं

जो बचा हूं, वो मैं कभी था भी नहीं।'

करीब एक घण्टे बाद मैं भी घर से शहर निकलने के लिए तैयार होने लगा, मम्मी - पापा और बहन आँखें नम किए हुए मुझे घर के बाहर तक छोड़ने के लिए व्याकुल हो रहे थे और माधव साइकिल की हवा, पंचर, चेन वगैरह का जांच कर रहा था।

समय को देखते हुए मैं खुद को हिम्मत दिया, उठा और एक - एक करके अपने बैग उठाकर घर छोड़ने के लिए आगे बढ़ने लगा। मुझे घर से निकलते देख कर पापा, मम्मी से बोले,

पापा - रास्ते में प्रकाश को कुछ खाने के लिए दी या नहीं

मम्मी - हां

पापा - क्या - क्या दी हो?

मम्मी - एक - एक करके सभी चीजों का नाम पापा को बताने लगी

पापा - तब तो ठीक है।

'मां की ममता और पिता की छमता का अंदाजा लगा पाना मुश्किल होता है।' जो आज़ मुझे दिख रहा था।

मैं घर से निकलते वक्त जब एक नज़र घर की चारों तरफ़ देखा तो मुझे बस अपनों के चेहरे दिख रहे थे। पापा अपने आंसू छिपा रहे थे, मम्मी भी खुद को बहुत ज्यादा संभाली हुई थी क्योंकि उनकी आंखों में आंसू रहने के बाद भी छिप रहे थे लेकिन इशिका खुद को नहीं संभाल पाई थी वो रोने लगी।

मैं सभी का आशीर्वाद लिया और शहर जाने के लिए घर से बाहर आ गया। घर छोड़ने से पहले मेरे कानों ने जो आवाज़ें सुनी थी, वो कुछ यूं थे,

मम्मी - भईया यहां को लेकर तुम बिलकुल परेशान मत होना, किसी बात की चिंता मत करना और खूब मन लगाकर पढ़ाई करना, ठीक है।

पापा - तुमको अगर किसी भी प्रकार की दिक्कत, परेशानी हो तो हमें जरूर बता देना, किसी भी बात की कोई संकोच मत करना और पहुंचने के बाद हमें फोन कर देना।

इशिका चुप थी, उसकी आंखों से लगातार आंसू बह रहे थे। उसका चेहरा देख कर मुझे ये लग रहा था जैसे वो कहना चाह रही हो कि,

'अगर आज़ घर में इतनी सारी दिक्कतें, परेशानियां, तकलीफें न होती तो मेरा भाई मेरे साथ रहता, उसे कहीं न जाना पड़ता, हम सब साथ होते, जो घर में था उसे खाते और खुश रहते।'

कुछ लोगों के लिए मेरे घर का ये नज़ारा सिर्फ़ हंसी मात्र था, क्योंकि 'न दिखने वाली बीमारियां लोगों के लिए महज़ हंसी - मज़ाक की बातें ही होती हैं।'

मैं सबसे मिलने के बाद घर से निकल आया, माधव मेरा सामान साइकिल पर लादे मेरे साथ बिलकुल खामोश होकर चल रहा था। न तो उसके मुंह से एक भी शब्द निकल रहे थे और न ही मेरे।

बहुत देर तक पैदल चलने के बाद मैंने माधव से बोला,

माधव तुम यहीं से वापस घर चले जाओ मैं अकेला चला जाऊंगा तुम परेशान न हो।

माधव - नहीं यार,

मैं तुमको स्टेशन तक छोड़ने के बाद, तुमको ट्रेन पर बैठाने के बाद ही जाऊंगा।

स्टेशन मेरे घर से बहुत दूर था इसलिए मैं दोबारा माधव से बोला,

माधव तुम वापस चले जाओ मैं टैंपु से स्टेशन तक चला जाऊंगा भाई। तुम परेशान न हो। माधव मेरी बातें सुन रहा था पर वो ऐसा बर्ताव कर रहा था जैसे उसको कुछ सुनाई ही न पड़ा हो। कुछ देर शांत रहने के बाद मैं उससे फिर बोला,

माधव तुम परेशान न हो भाई, मैं बोल रहा हूं न की, मैं चला जाऊंगा, मुझे कोई समस्या नहीं होगी।

माधव - पक्का

मैं - हां

माधव - अगर दिक्कत हुआ तो

मैं - नहीं होगा, तुम परेशान न हो

मैं इस बार माधव को समझाने में सफ़ल रहा। वो मुझे सारा सामान देकर वहीं से वापस

जाने लगा। वो कुछ कदम आगे बढ़ा, फिर रुक गया और मेरे पास आकर बोला,

'भाई तुम परेशान न होना, भरोसा रखना एक दिन सब कुछ सही हो जाएगा।'

माधव भले ही मुझसे छोटा था पर आज़ वो बुजुर्गों जैसी बातें कर रहा था। मुझे कुछ पलों के लिए ऐसा लगने लगा था जैसे माधव मेरा छोटा भाई नहीं बल्कि मैं इसका छोटा भाई हूं। माधव की बातें सुनते ही मेरी आंखों में आंसू भर आए लेकिन मैं उन आंसुओं को छिपाते हुए उसे कुछ सलाह दिया, उसे बाय बोला और सारा सामान लेकर उसके विपरीत दिशा में चलने लगा।

मेरे पास इतनी भी हिम्मत नहीं बची थी की मैं माधव को पलट कर देख सकूं। माधव के साथ भी शायद यही हुआ होगा, वो भी मुझे पलट कर न देखा होगा।

माधव के द्वारा बोले गए वो कुछ शब्द मुझे आज़ मेरी जिम्मेदारी बताने के साथ - साथ मुझसे जुड़ी उनकी उम्मीदें भी दिखा दी थी।

माधव के वापस जाने के बाद मैंने टैंपू पर सामान रखा और बैठ गया। कुछ देर में टैंपू चलने लगी और देखते ही देखते मैं स्टेशन पहुंच गया। मैं टैंपू से उतरते ही किराया दिया और सारा सामान लेकर स्टेशन की ओर जाने लगा।

मैं स्टेशन पहुंचते ही ट्रेन से संबधित जानकारी जुटाने में लग गया। कुछ अपने फ़ोन के माध्यम से और कुछ वहां खड़े आस - पास के लोगों के माध्यम से सारी जानकारियां जुटा ली। जानकारी लेने के बाद मैं वहीं प्लेटफॉर्म के पास खाली पड़ी बेंच पर बैठ कर घर वालों को याद करने लगा। ट्रेन और घर की यादों के बीच मेरे कानों में एक आवाज़ गूंजी।

यात्रीगण कृपया ध्यान दें, गाड़ी नंबर ***** ,** एक्सप्रेस अपने निर्धारित समयानुसार कुछ ही देर में प्लेटफॉर्म नंबर ** पर आ रही है।

आवाज़ सुनते ही सभी यात्रियों की तरह मैं भी सतर्क हो गया और अपना सामान (बैग) इकट्ठा करते हुए एक ही जगह पर रखने लगा।

कुछ देर बाद ट्रेन भी आ गई। मैं अपना सारा सामान अपनी सीट के पास रखने के बाद सीट पर बैठ गया और ट्रेन ने अपने समयानुसार स्टेशन छोड़ दिया।

8.

मैं, अभी।

प्रकाश के बारे में अधिक जानने के लिए पहले आपको मेरे बारे में जानना पड़ेगा।

मेरा पूरा नाम 'अभिषेक सिंह' है। मेरे सभी दोस्त मुझे 'अभी' के नाम से जानते हैं। मेरे पापा गणेश सिंह और मां शोभा सिंह दोनों लोग अध्यापक हैं।

मैं अपने मां बाप की इकलौती औलाद हूं शायद इसलिए भी मैं कभी खुद के साथ में कोई समझौता नहीं कर पाता हूं। मेरा पालन- पोषण कुछ इस तरह से हुआ था जहां शायद ही कोई तकलीफ़, मुसीबतें रही होंगी। शायद यही कारण था की मेरा रहन - सहन भी बाकी लोगों से थोड़ा बहुत अलग था।

बचपन से लेकर अभी तक मैंने जो चाहा उसे पा लिया। मैं जो कुछ भी मांगता था मुझे आसानी से मिल जाती थी। कई चीजें मुझे मेरे मांगने से पहले ही मुझे मिल गई। बचपन के सारे शौक, मेरी जरुरतें हर हाल पूरा हो जाती थी शायद इसलिए भी जो बातें, आदतें मुझे बचपन में सीखनी थी, उन्हें मैं अब सीख रहा था। मैंने मम्मा - पापा से जो कुछ भी मांगा वो मुझे बिना एक शब्द बोले फ़ौरन देने की कोशिश करते थे, मैं जो मांगता था, वो दे देते थे। अगर मैं उनसे पांच रुपए मांगा तो मुझे दस रुपए मिले, दस रुपए मांगा तो सौ रुपए मिले और सौ रुपए मांगा तो पांच सौ।

मैं मम्मा - पापा का इकलौता वारिस था इसलिए वो मेरी हर गलतियों पर भी पर्दा डाल देते थे। मैं लाख़ गलतियां करूं, जवाब के तौर पर मुझे बस उनकी तरफ़ से चेहरे पर मुस्कान ही मिलती थी।

कहते हैं कि -

'मां - बाप को बच्चों की अच्छाइयों पर पर्दा डालना चाहिए न की उनकी बुराइयों पर।'

मेरे साथ दोनों चल रहे थे, दोनों तरफ़ से बस पर्दे ही डाले जा रहे थे। बचपन में ही मुझे

वो सारी अजादियां मिल गई थी जो मैं पाना चाहता था। मैं उन सभी खुशियों से घिरा हुआ था जो बच्चों को मिलनी होती हैं, तभी शायद मैं कमियां, तकलीफे, मुसीबतें, परेशानियां क्या होती हैं? जानना तो दूर की बात थी, महसूस भी नहीं कर पाया होऊंगा।

मुझे मेरे इकलौते होने का फ़ायदा लगातार मम्मा - पापा की तरफ़ से मिल रहा था, तभी तो, मैंने जो - जो बोला वो वही करते गए। मैं जिस विद्यालय में चाहा, वहां पढ़ा, जो चाहा वो किया, जो कुछ भी बर्बाद कर सकता था मैंने उसमें अपना सारा सहयोग दिया। मैं जहां गिरा, मुझे उठाया गया, जहां लड़खड़ाया, संभाला गया।

आय गॉट एवरीथिंग व्हाटेवर आय सेड फ्रॉम माय पैरेंट्स,

इफ, आय से टू माय पैरेंट्स, आय शुड डू ईट सो आय डिड,

मेरे मम्मा - पापा मेरे सारे सपने पूरे करने में लगे थे। मैं जो भी कह दूं, उनके लिए पत्थर की लकीर साबित हो जाती थी।

इतनी सारी खुशियां पाकर, इतने अच्छे मां - बाप को पाकर एक पल तो मुझे लगने लगा था कि 'नो फादर इज लाइक माय फादर, नो मदर इज लाइक माय मदर, नो वन इज लाइक मी।'

अभी तक मैं पास के ही शहर में अंग्रेज़ी माध्यम से पढ़ाई कर रहा था। पढ़ने में तेज़ होने की वजह से सभी अध्यापक मेरी तारीफ़ करते थे। मेरे मां - बाप भी अध्यापक थे इसलिए तारीफें और जोरों से चल रही थी।

अधिकांश लोगों के द्वारा मुझे 'मास्टर जी का लड़का, मास्टर जी का लड़का' सुनने को मिलता था। मास्टर जी का लड़का देखो कितना पढ़ने में तेज़ है, कितना होशियार है, कितना बुद्धिमान है, कितना समझदार है?

इन सब को देख कर, इनकी बातें सुन कर मुझे 'जितने मुंह उतनी बातें' वाली कहावत याद आने लगती थी।

कुछ सालों बाद मेरी पढ़ाई पूरी हो गई और मुझे आगे की पढ़ाई करने के लिए किसी दूसरी जगह, दूसरे शहर जाना था, हालतों से, मुसीबतों से, तकलीफों से कभी मेरा सामना हुआ नहीं था इसलिए मेरी सारी योजनाएं क्रमानुसार ही चलती रही। मां - बाप अध्यापक

थे इसलिए मुझे मार्गदर्शन के साथ - साथ उनके अध्यापक होने का फ़ायदा भी बराबर मिल रहा था। जहां मां - बाप को लगता था कि ये चीज़, मेरे बारे में वो नहीं जानते, उसे अपने दोस्तों से पूछकर मुझे बताते थे जिसकी वजह से मैं सही मार्ग पर, सही मार्गदर्शन पाते हुए सही राह में उत्तम व्यवस्था पाते हुए खुद को आगे बढ़ाता रहा।

मैं अपने शहर में अपनी पढ़ाई पूरी करने के बाद अब किसी दूसरी जगह, दूसरे शहर जाकर पढ़ना चाह रहा था जो कि मेरे लिए कोई बड़ी बात नहीं थी। मेरे लिए इसलिए भी बड़ी बात नहीं थी क्योंकि मुझे भविष्य में क्या करना है, कब करना है, कैसे करना है, क्यों करना है? जैसी सारी योजनाएं पहले से ही बनी हुई थी मानो मेरा जीवन कोई कठपुतली हो जिसकी वजह से मेरा दिमाग मम्मा - पापा के इशारे पर स्वतः नाच रहा हो।

मैं पास के शहर में अपनी पूरी पढ़ाई खत्म करने के बाद किसी दूसरे शहर पढ़ने के लिए जाना चाहता था। जोकि मेरे लिए बहुत मुश्किल नहीं था। एक बार मुझे लगा की मैं अभी घर पर बोल दूं कि मुझे वहां पढ़ने जाना है पर अहसास हुआ की अभी बोलना सही नहीं है बाद में बोल दूंगा।

मुझे कुछ दिनों में ही पढ़ने के लिए इस शहर से दूसरे शहर जाना था इसलिए मैं सोचा तब तक कहीं घूम आता हूं। मैं, मेरे कुछ दोस्त अपने - अपने घरों में आज्ञा पाने के बाद एक टूर के लिए निकल पड़े। मेरे इन दोस्तों में, मेरा एक बहुत करीबी दोस्त हर्षा भी था। हर्षा और मैं अपना अधिकांश वक्त साथ ही बिताते थे इसलिए वो आज़ भी मेरे साथ ही था।

देखते ही देखते कब समय बीत गया? कब टूर खत्म हो गया? कुछ पता ही नहीं चला। टूर खत्म होने का सीधा मतलब था, बोरी - बिस्तर उठाकर, शहर आगमन।

करीब 10 दिन बाद...

रविवार का दिन था, मम्मा - पापा दोनों लोग आज़ छुट्टी पर थे। मैं और हर्षा दोनों लोग घूमते टहलते घर आ गए, घर पर मम्मा - पापा कुछ महत्वपूर्ण बातें कर रहे थे लेकिन हमें देखते ही बोले,

आओ बेटा, आओ

आओ बैठो,

कैसा रहा आप लोगों का टूर?

कहां से आ रहे हो? आप लोग

और हर्षा बेटा, घर पर सब कैसे हैं?

ठीक हैं?

पापा के सवालों का मेरे पास उस वक्त कोई जवाब नहीं था, बस 'ठीक है पापा' छोड़कर।

पापा के द्वारा हर्षा से पूछा गया सवाल, जिसका हर्षा जवाब देता उसके पहले पापा 'ठीक है' बोल कर खुद ही जवाब दे दिए थे।

हम सब एक साथ बैठे हुए एक - दूसरे को देख रहे थे, सभी अपने आप में खोए हुए थे, सबके चेहरे पर एक बड़े प्रश्नवाचक चिन्ह के साथ - साथ प्रश्नवाचक दृष्टि भी बनी हुई थी।

प्रश्न तो सभी के पास थे बस उनके उत्तर सामने बैठे लोगों में ढूंढे जा रहे थे। कभी पापा मेरी तरफ़ देखें रहे थे तो कभी हर्षा की तरफ़, कभी हम दोनों के साथ - साथ मम्मी की तरफ़।

पापा चारों तरफ़ देखे जा रहे थे लेकिन कुछ बोल नहीं रहे थे, मानो कुछ सोच रहे हों लेकिन कुछ देर बाद पापा ने अपने सामने वाली मेज़ से फाइल उठाया, उसमें से एक कवर निकाला और मेरी ओर बढ़ा दिया। मैं उस कवर को जब अपने हाँथ में लेकर खोला तो मुझे उसमें एक टिकट मिला जो की मेरे नाम का ही था।

9.

ट्रेन टिकट हाथों में लेने के बाद जब मैंने उसे देखा तो उसमें कुछ यूं लिखा था,

एसी 2 टियर,

ए 2, सीट नंबर 15 के साथ - साथ ट्रेन से संबंधित कुछ जानकारियां।

मैं टिकट अपने कमरे में रखने के बाद हर्षा के साथ घर से बाहर जाने लगा,

तभी मम्मा की आवाज़ आई,

हर्षा बेटा कहां जा रहे हो आप?

कब तक वापस आओगे?

मैं, जल्द ही आऊंगा, बोलते हुए घर से चला गया।

आज़ मम्मा - पापा, हर्षा को अपना लक्ष्य बनाकर बातें कर रहे थे क्योंकि उनको डर था की उनसे मैं नाराज़ न हो जाऊं।

कहते हैं कि -

'जीवन में कभी विकल्प नहीं होने चाहिए,

विकल्पों में हम, हमेशा गलती कर बैठते हैं'।

आज़ के दिन भले ही मुझे शहर जाना था पर वहाँ जाने का मेरा बिलकुल भी मन नहीं कर रहा था, मैंने बहुत बार वहाँ न जाने के किए मना करने का प्रयास भी किया था लेकिन उसका परिणाम कुछ खास नहीं निकल रहा था। घर पर सभी बहुत खुश थे, मम्मा, पापा, बस हर्षा आज़ सुबह से ही उदास दिख रहा था।

धीरे - धीरे समय बीतता रहा और मैं उदासी की चादर ओढ़े, ख़ामोश होता जा रहा था।

जैसे - जैसे समय बीत रहा था ठीक उसी तरह मेरे दिल की धड़कनें भी चल रही थी, उधर समय तेज़ गति पकड़ रहा था और इधर धड़कनें। मेरी उदासी से शहर न जाने का भाव देखा जा सकता था। पर हमारे यहां बच्चे अपना निर्णय बाद में लेते हैं अभिभावक पहले

ही सारी योजनाऐं बना लेते हैं।

आख़िरकार वो वक्त आ ही गया, जब मुझे इस आशियाने को छोड़ कर भटकती हुई दुनिया के लिए निकलना था। हांथ में टिकट, कई बैग, नए कपड़े देख कर मुझे ये लग रहा था मानो मैं शहर नहीं किसी दूसरे ग्रह पर जा रहा हूं।

कुछ समय बाद...

मम्मा मेरे साथ घर से बाहर की ओर जा रही थी, पापा और हर्षा मेरा सामान लिए कार की तरफ़ जा रहे थे। देखते ही देखते मेरा सारा सामान कार की डिग्गी में रख दिया गया और मैं कार में बैठ गया। कार हर्षा चला रहा था और मैं हर्षा के बगल बैठा हुआ था। कार आगे बढ़ी तो अचानक मेरी नज़र मम्मा - पापा पर गई, आज़ वो दोनों लोग उदास थे, उनकी आंखों से आंसू बह रहे थे, उनको रोता देख कर मेरे आंखों में भी आंसुओ ने अपना जगह बना लिया।

स्टेशन पहुंचने के बाद...

हर्षा कार पार्किंग में लगाकर मेरे साथ मेरा सामान लेकर प्लेटफॉर्म की तरफ़ चलने लगा। प्लेटफॉर्म पर पहुंचते ही हर्षा मुझसे बोला,

हे, अभी,

जस्ट वेट,

कमिंग,

मैं हर्षा को हां में इशारा दिया, मुझे लगा हर्षा किसी महत्वपूर्ण काम से जा रहा है, पर उसे आते हुए देख मेरी नज़रे उसकी हाथों पर पड़ी। उसके एक हांथ में समानों से भरा एक थैला लटक रहा था और दूसरे हांथ में एक पानी का बोतल था।

मैं स्टेशन पर समय से थोड़ा जल्दी पहुंच गया था इसलिए हम दोनों वहीं खड़े होकर बातें करने लगे, बातें खत्म भी नहीं हुई थी की ट्रेन आने की आवाज़ सुनाई पड़ी, आवाज़ सुनने के बाद हम दोनों सतर्क हो गए। कुछ ही देर में ट्रेन प्लेटफॉर्म पर आकर खड़ी हो गई, हर्षा मेरा सामान मेरे सीट के पास रखने के बाद, मुझे गले लगाया और 'हैप्पी जर्नी' बोलकर वहां से वापस चला गया।

10.

रात भर एसी 2-टीयर में सफ़र करने के बाद आखिरकार मैं अपनी मंजिल सफलतापूर्वक पहुंच गया था, ट्रेन से उतरने के बाद मैं कुली का सहारा लेते हुए कुछ ही देर में सामान लेकर स्टेशन के बाहर आ गया था। बाहर आने के बाद मैं कार बुक किया और उसके आने का इंतजार करने लगा। जब तक कार मेरे पास आती, उतने ही समय में, मैं मम्मा, पापा, हर्षा को एक - एक करके फ़ोन किया और बातें करने लगा। बातें हो ही रही थी कि उतने में ही मेरे द्वारा बुक की गई कार आते दिखी, मैं फ़ोन कट कर दिया और कार की ओर बढ़ने लगा।

कार में सामान रखने के बाद मैं ओटीपी बताया और ओटीपी डालते ही कार मेरे नए आशियाने की ओर चल दी थी। जहां मैं बिलकुल नया था, न तो मैं किसी को जानता था और न ही कोई मुझे।

क़रीब आधे घण्टे बाद मैं मम्मा - पापा के द्वारा बुक किए गए फ्लैट पर पहुंच गया। जहां सिर्फ़ मैं और चारों ओर बनी दीवारें, कुछ वस्तुएं थीं। मैं फ्लैट पहुंचने के बाद मकान मालिक को अपने आने की जानकारी दी और वहीं पड़े बेड पर बैठ गया।

फ्लैट की चारों ओर देखा तो मुझे सिर्फ़ गंदगी ही दिखाई पड़ी, कुछ पुरानी किताबें जो फेंकी हुई थी, कुछ पुराने बिखरे हुए समाचार पत्रों के साथ - साथ हस्त लिखित कुछ नोट्स दिखाई पड़ रहे थे। देखते ही देखते मेरा कमरा अच्छे से साफ़ कर दिया गया था और सभी बिखरे हुए समान को अच्छे से रख दिया था।

अभी तक मेरा संघर्ष सिर्फ़ चुनौतियों से ही था पर अब खुद से शुरू हो गया था क्योंकि यहां पर मुझे संभालने के लिए मेरे मम्मा - पापा नहीं हैं सोचते हुए सो गया।

जब आंख खुली, शाम हो चुकी थी, घर से इतनी दूर शहर आया था जिसकी वजह से मुझे बहुत अजीब सा लग रहा था।

थोड़ी देर के बाद उठा, मम्मा से बात किया, नहा - धोकर बाहर जाने के लिए तैयार

होने लगा। कुछ देर बाद, जब मैं पूरी तरह से तैयार हो गया तो इस अजनबी शहर में अकेलापन दूर करने के लिए हर्षा से बात करते हुए बाज़ार की ओर चलने लगा।

मैं पहली बार इस शहर में आया था, नया - नया यहां शिफ्ट हुआ था इसलिए मुझे कई सारी परेशानियां झेलनी पड़ रही थी। आज़ मुझे घर की इतनी ज्यादा याद आ रही थी मानो मैं अपना घर सालों पहले छोड़ कर आया था।

मैं इस अंजान शहर में नया था, मुझे यहां के बारे में कुछ भी सही से पता नहीं था। अंजान था इसलिए लोगों से मदद मांगते हुए दुकानों के बारे में पता कर रहा था। कुछ लोग सही बता रहे थे तो, वहीं कुछ अलग ही बता रहे थे, मैं घूमता रहा और लोगों के बताए दुकानों को ढूंढता रहा। कुछ दुकानें तो मुझे मिलीं परंतु कुछ, नहीं।

मैं इधर - उधर घूम रहा था, भटक रहा था, मेरे शरीर से पसीना बह रहा था, दिमाग थका हुआ लगने लगा था लेकिन मुझे अभी तक क्या करना है? नहीं समझ आ रहा था। कुछ दूर और चलने पर मुझे एक छोटा सा मिनी मार्ट जैसा कुछ दिखाई पड़ा, जिसे देखते ही मैं लंबी आहें भरा और आसमान की ओर देखने लगा।

कुछ दूर चलने के बाद मेरा संदेह खत्म हो गया। मिनी मार्ट को देख कर ठीक वैसा ही महसूस हो रहा था जैसे कोई प्रेमी लंबे अर्से के बाद अपनी प्रेमिका को देख कर करता है। मार्ट देखने के बाद मुझे राहत सी मिली, चैन की सांस आई। मैं मिनी मार्ट जाकर वो सारे सामान खरीदने लगा जिनकी मुझे आवश्यकता थी, कुछ सामान मैंने अतिरिक्त भी ले लिया था जिससे मुझे बार - बार वहां न जाना पड़े।

सामान खरीदते - खरीदते, इधर - उधर घूमते - घूमते मैं पूरी तरह से थक गया था। रात भी बहुत ज्यादा हो गई थी इसलिए मैं बाहर ही रात के खाने का भी निश्चय किया।

मैं जिस तरह उस दिन फ्लैट पर पहुंचा था वो मुझे ही पता है। आज़ मुझे इस बात का भी अहसास हो गया था कि वो लोग कैसे रहते होंगे जो दिन रात मेहनत करते हैं।

मैं फ़्लैट पहुंचने के बाद अपना फ़ोन देखा तब मुझे तारा इक़बाल जी की कुछ पंक्तियां याद आईं।

उसने कहा कि ज़ब्त का थामे रहो सिरा,

इतना ज़रा सा काम भी मुझ से न हो सका।
कैसे न याद आती,
छूटी कॉलें जो मोहतरमा की लगी थी।

आज़ मुझे हिती (हिती शर्मा) की बहुत याद आ रही थी शायद मैं बहुत परेशान था इसलिए भी। फ़ोन देखा तो उसमें हिती की कई छूटी कॉलें थी।

'एक वो थी जो मुझे लगातार कॉल कर रही थी,
एक मैं था, जिसे एक भनक भी नहीं लगी।'

कुछ देर बाद मैं अपनी तरफ़ से हिती को कॉल किया पर फ़ोन नहीं उठा,
मैं दोबारा किया, परिणाम पहले जैसा ही निकला।
मैं फिर से कई बार किया, कोई मतलब नहीं निकला।
आख़िरी रास्ता,
शुभरात्रि।

11.

आज़ सुबह उठते ही सबसे पहले मेरा सामना हिती से ही हुआ था। नाराज़गी इतनी की नफरत भी कम पड़ जाए, बात करने की तलब इतनी की सबकुछ कुर्बान था।

हिती की ख़ामोशी खुद को कुछ यूं बयां कर रही थी,,,

'वो झुकी हुई आंखे, भीगी पलकें, कांपते होंठ,

उदास चेहरा, दिल का दर्द, मानो सदमा गहरा,

और भी बहुत कुछ था।

जो लड़ रही थी अपने हक में

उसमें कुछ अलग ही तड़प था।'

2 बीएचके के इस फ्लैट में, मैं और मेरे बगल वाले कमरे में एक भईया जो पहले से ही रह रहे थे जिनके बारे में मुझे अभी तक कुछ भी पता नहीं था।

कुछ देर तक मैं हिती से बात किया। हिती से बात करने के बाद, मैं हिम्मत करके भईया का दरवाज़ा खटखटाया लेकिन दरवाज़ा नहीं खुला।

मैं फिर से खटखटाया,

परिणाम,

नकारात्मक ही रहा।

मुझे लगा भईया सो रहे होंगे इसलिए मैं अपने कमरे की ओर जाने लगा, उतने में ही दरवाज़ा खुला और अचानक से आवाज़ आई,

दरवाज़ा आप खटखटा रहे थे?

मैं - जी भईया, कहके चुप हो गया।

इतने ही वक्त में मैं पता नहीं क्या से क्या सोचने लगा, मुझे लगा की शायद मैं दरवाज़ा खटखटा कर गलती कर दिया हूं। मुझे नहीं खटखटाना चाहिए था। शायद भईया गुस्सा हो गए हैं। मैं उनको बेकार में परेशान किया हूं। मुझे उन्हें परेशान नहीं करना चाहिए था।

सामने से आवाज़ आई, मुझे लगता है कि आप यहां नए आए हो?

मैं - जी भईया

कब आए?

मैं - भईया कल ही आ गया था।

यही कमरा है आपका?

मैं - जी भईया

कुछ देर पढ़ाई, परिचय को लेकर आपस में बातें हुई, भईया अपना बता रहे थे और मैं अपना। बातें करने के बाद मैं और भईया अपने - अपने रास्ते चल दिए। दरवाज़ा बंद।

कुछ देर मैं भईया की कद - काठी के बारे में सोचता रहा, फिर बगल में रखी उपन्यास पढ़ने लगा।

मुझे यहां आए कई दिन हो गए थे लेकिन अभी भी मेरे अंदर का डर बरकरार था मानो शहर वाला डर और गलतफहमियां अपनी जगह बना ली हों।

क़रीब एक हफ़्ते बाद...

दोपहर का वक्त था मैं रसोई में चाय बना रहा था, तभी भईया बाहर आए,

मैं भईया को देखते ही, गुड मॉर्निंग बोला,

जवाब में भईया सिर्फ़ मॉर्निंग ही बोले,

मैं भईया से चाय के लिए पूछा पर भईया मना कर दिए,

'अरे नहीं यार तुम पियो करते हुए भईया वहां से जाने लगे और बोले, भाई अगर यहां कोई दिक्कत हो तो, परेशान मत होना मुझे बता देना।'

मैं - बिलकुल भईया।

भईया मुस्कुराते हुए अपने कमरे में चले गए और अंदर से दरवाज़ा बंद कर लिए।

मैं चाय बनाया, दो कप चाय छानकर, भईया का दरवाज़ा खटखटाया।

थोड़ी देर में दरवाज़ा खुला, भईया मुझे देखते ही बोले, क्या यार तुम भी, बाहर क्यों खड़े हो, अंदर आओ।

आज्ञा पाते ही मैं भईया के कमरे में प्रवेश किया, कमरे में प्रवेश करते ही जब चारों

ओर देखा तो मुझे दीवारों में चिपके भारत और विश्व के नक्शे, संविधान का चार्ट, इधर - उधर बिखरी हुई कुछ किताबें दिखी। किताबों को देखकर मुझे लगा की ये सारी किताबें बहुत पुरानी हो गई हैं।

भईया मुझे कमरे में इधर - उधर नज़र मारते हुए देख रहे थे।

क्या हुआ? कोई दिक्कत।

मैं - नहीं भईया, सब ठीक है

मैं भईया को चाय देने के बाद वहीं बेड के एक कोने में जाकर बैठ गया।

कुछ देर हम दोनों सोचते रहे, फिर मैं बोला,

हाउ इज एवरीथिंग भईया?

मुझे लगा भईया को अंग्रेजी समझ नहीं आई इसलिए मैं दोबारा हिंदी में पूछा,

भईया बोले,

नो - नो, आय ऐम एबल टू स्पीक,

यू डोंट वरी,

इट्स ऑसम,

मैं - थैंक यू भईया

उस दिन मेरी बात भईया से कुछ यूं हुई थी।

भईया - नाम क्या है आपका?

मैं - अभी (अभिषेक सिंह)

भईया - मम्मी पापा क्या करते हैं आपके?

मैं - भईया वो दोनों लोग अध्यापक हैं।

भईया - ओह! गुड यार।

मैं मुस्कुराते हुए भईया को देख रहा था।

थोड़ी देर कुछ सोचने के बाद ...

भईया - कहाँ से हो आप ?

मैं - अपने राज्य का नाम बताया, उसी के साथ जिले का भी।

राज्य और ज़िला का नाम सुनते ही भईया का चेहरा खुशनुमा हो गया था। मैं भईया का हंसता, मुस्कुराता चेहरा देख कर बोला,

भईया आप भी वहीं से हो क्या?

हां,

अब क्या, अब तो माहौल दूरियों से होता हुआ अपनत्व में आ गया था। अंजान शहर में कोई अपने शहर का मिल जाए तो वो खुशी भी किसी सफ़लता से कम नहीं होती है।

कुछ देर बाद मैं भईया से पूछा,

भईया आपके यहां कौन - कौन है?

भईया - मैं, मम्मी - पापा, एक बड़ी बहन और एक छोटा भाई (नाम बताते हुए)

मैं - भईया पापा क्या करते हैं आपके?

भईया - पापा, खेती करते हैं और कभी - कभी मज़दूरी भी।

इस वक्त भईया का उतरा हुआ चेहरा देख कर मैं उनके चेहरे का भाव समझ सकता था, वो पापा का जिक्र करते हुए परिवार के बाकी सदस्यों का भी जिक्र किए।

भईया से बात करते हुए मैंने उनका नाम पूछा, उन्होंने अपना नाम बताया और साथ में ये भी बोले की आप मेरा नाम ले सकते हो। बार - बार भईया बोलने की आवश्यकता नहीं है। यहां हम सब एक समान हैं। यहां कोई छोटा - बड़ा नहीं है। यहां हम सब, कुछ न कुछ नया सीखने के लिए ही आए हैं।

कुछ देर बाद...

भईया अपनत्व के तौर पर बोले,

आप मुझे अपना भाई समझो क्योंकि आप मेरे भाई की तरह ही हो।

मैं - जी भईया बिलकुल,

प्रकाश भईया,,,

नाउ ओके,

या,

मुस्कुराते हुए,

12.

शहर में एक महीना बिताने के बाद...

अभी तक मेरी जिंदगी में मम्मा - पापा, हर्षा कुछ दोस्त और हिती ही थी। परंतु अब मेरी ज़िंदगी में एक नाम और जुड़ गया था।

प्रकाश, मेरे बड़े भाई।

मैंने इस शहर से पिछले 30 दिनों में बहुत कुछ सीखा था। जिसमें प्रकाश का बहुत बड़ा योगदान था। अभी तक मैंने जो कुछ भी सीखा था उसमें आधिकांश श्रेय प्रकाश को जाता है।

इतने दिनों में, मैं प्रकाश के बारे में बहुत ज्यादा तो नहीं पर ठीक - ठाक जानने लगा था।

'अगर इंसान सीखने की प्रण कर ले,

तो उसे, खुद वही रोक सकता है।'

मैं भी प्रकाश की तरह इस शहर से हर पल कुछ नया सीखने की कोशिश करने लगा। हर रोज़ कुछ नया सीखने लगा।

मेरे पास सबकुछ था, मुझे कभी किसी भी चीज़ की कोई कमी नहीं हुई थी। मैंने जो कुछ भी घर पर मांगा था मुझे समय से पहले मिला। मेरे जीवन में जो अनुपस्थित था, वो था बड़ा भाई। मेरा कोई बड़ा भाई नहीं था इसलिए मैं हमेशा सोचता रहता था कि अगर मेरा भी कोई बड़ा भाई होता, तो कितना अच्छा रहता। वो मुझे मेरी गलतियों पर समझाता, मेरी कमियां बताता, मेरी सारी जरुरतें पूरी करता, मेरी तकलीफें समझता।

कुछ दिनों के बाद मुझे लगा की भगवान ने मेरी बात सुन ली और मेरी इच्छा पूर्ण करते हुए प्रकाश भईया से मुझे मिलवा दिए। प्रकाश से जब भी मैं कोई सलाह लूं या सवाल पूंछू, वो मुझे बिल्कुल बड़े भाई की तरह समझाते थे।

मैं खुद को वहां के माहौल में ढालने लगा था, ढलने लगा था। धीरे - धीरे मुझे अच्छा

लगने लगा। मैं अब मम्मा - पापा से भी कम बात करने लगा था। जो भी समय था बस पढ़ाई में देने लगा और बचा हुआ समय प्रकाश के साथ बिताने लगा।

समय कीमती है (टाइम इज मनी) याद रखते हुए बिना समय बर्बाद किए मैं भी अपनी तैयारी में लग गया था। अभी तक मैंने किसी भी संस्था में दाखिला नहीं लिया था इसलिए जो भी उत्सुकता होती थी, संदेह होता था, मैं प्रकाश के पास जाकर पूछ लेता था।

×××

मैं संस्था में दाखिला लेने के लिए प्रकाश से एक बार पहले भी बात किया था लेकिन वो मुझे मना कर दिए थे और बोले अभी तुम इन्हीं चीजों को पढ़ो उसके बाद जब सारा तैयार हो जाएगा तब दाखिला ले लेना। उस दिन मैं हां में जवाब देने के बाद अपने कमरे में वापस चला आया था।

प्रकाश से मैं जो भी सवाल करता वो उसका जवाब मुझे उसी वक्त दे देते थे। मैं सवाल करूं, वो जवाब देते थे। उनका ज्ञान, विषयों में पकड़ देख कर मुझे खुद पर भरोसा खत्म होने लगा था। यहां बच्चों में बहुत ज्ञान है, प्रकाश के अंदर खुद ही देखो बहुत ज्यादा ज्ञान है। यही सब सोच कर मुझे लग रहा था जैसे मेरे बस की कुछ है ही नहीं।

प्रकाश, मानो मेरे चेहरे का भाव पढ़ लिए हों। बोले, परेशान न हो, अच्छे से पढ़ाई करो तुमको मुझसे भी ज्यादा ज्ञान हो जाएगा। तुम समझदार हो, बुद्धिमान हो, तुम बहुत आगे तक जाओगे। प्रकाश की बातें सुनकर मैं मुस्कुराने लगा।

देखते ही देखते कुछ महीने और बीत गए...

मुझे संस्था में दाखिला लेना था इसलिए आज़ मैं सुबह - सुबह उठा, नहाया, तैयार होने के बाद प्रकाश को कॉल किया उन्होंने मेरा कॉल नहीं उठाया, मैंने दरवाज़ा खटखटाया पर दरवाज़ा भी नहीं खुला। मैं दोबारा दरवाज़ा खटखटाया, इस बार दरवाज़ा तो खुला पर माहौल कुछ सही नहीं था।

मैं प्रकाश से बोला,

क्या हुआ भाई?

सब ठीक तो है।

प्रकाश - हां यार, तुम बताओ

मैं प्रकाश के साथ अब तक इतने महीने बिता लिया था जिससे आपकी जगह तुम, अपनी जगह बनाने में सफ़ल हो गया था।

थोड़ी देर बाद ...

मैं - क्या हुआ कोई दिक्कत?

कोई परेशानी?

कोई बात?

घर पर सब ठीक तो है?

जो प्रकाश कभी सारे सवालों का तुरंत जवाब देता था। आज़ चुप था, मानो वो मेरे सवालों का जवाब देना ही नहीं चाह रहा हो। आज़ मैं प्रकाश का उतरा हुआ चेहरा देखकर दो बातें सीखा था।

पहली - ज़रूरी नहीं की जो किताबों के सवालों का जवाब देने में सफ़ल हो वो निजी जीवन का भी दे सके।

दूसरी - हर इंसान की जिंदगी एक समान नहीं होती है उसमें अंतर भी होता है।

'यूं ही नहीं यह समन्दर वजूद में आया होगा
ज़मीनो - आसमां मिल कर यहीं पे रोये हैं।'

तारा इक़बाल जी द्वारा लिखित ये पंक्तियां आज़ सही साबित हो रही थी।

मैं कई बार प्रकाश से पूछा,

कई बार,

लगातार पूछने के बाद मायूसी भरा जवाब आया,

'भाई, मेरा इस बार भी नहीं हुआ।'

मैं प्रकाश को समझाते हुए बोला,

कोई बात नहीं यार परेशान न हो, इस बार नहीं हुआ तो अगली बार पक्का हो जाएगा।

डोंट वरी,

भाई, मैं खुद को समझा लूंगा पर,

उन्हें?

इशिका?

13.

कल रात मैंने पहली बार प्रकाश को उदास देखा था इसलिए मेरे चेहरे पर भी ख़ामोशी छा गई थी। हिती बार - बार मुझे कॉल कर रही थी पर आज़ मैं उसका एक भी कॉल नहीं उठा रहा था। हिती मुझे एक के बाद एक फोन करने लगी इसलिए मुझे अपना फोन बंद करना पड़ गया था। आज़ मैं फ़ोन बंद करने के बाद भी सिर्फ़ प्रकाश के बारे में ही सोच रहा था।

मेरी आँख खुली, उठा, फ़ोन देखा, सुबह के करीब 09:23 के आस - पास हो चुके थे। मुझे कल की रात आज़ भी याद आ रही थी। मैं हिती को फोन किया और उससे कल की सारी बातें बताई, हिती मेरी बातें सुन तो रही थी लेकिन समझना नहीं चाह रही थी। मैं उन्हें कल की बातें बता रहा था परंतु वो उन बातों को शायद समझ नहीं पा रही थी, गंभीर नहीं थी।

हिती की इन हरकतों से आज़ मुझे गुस्सा भी आ रहा था। मैं परेशान था लेकिन कुछ कर भी नहीं पा रहा था। मेरा दिमाग कहीं लग भी नहीं रहा था इसलिए मैं अपना मन बहलाने के लिए हर्षा को फ़ोन किया और उससे बातें करना लगा।

मैं हर्षा से बातें कर ही रहा था कि कोई मेरे कमरे का दरवाज़ा खटखटाया। मैं दरवाज़ा खोला, देखा, प्रकाश तैयार होकर सामने खड़े थे। मुझे लगा की शायद वो कल की वजह से आज कहीं जा रहे हैं।

मैं कुछ बोलूं, उससे पहले प्रकाश बोलने लगे,

आज़ दाखिला लेने के लिए जाना था न, तुम अभी तक तैयार नहीं हो पाए।

प्रकाश की इन बातों को सुनकर मैं हैरान हो गया था। मुझे समझ ही नहीं आ रहा था की जिसको लेकर मैं कुछ देर पहले ही हिती से बात कर रहा था, हर्षा से बात कर रहा था। वही इतनी जल्दी कल की सभी बातें, असफलता भूल कर मेरे काम के लिए मेरे साथ चलने को, मुझसे पहले ही तैयार हो कर मेरे सामने खड़ा था।

मुझे लग रहा था की प्रकाश परेशान होगा इसलिए मैं दाखिला लेने के लिए बाहर जाने वाली योजना ही निरस्त कर दिया था।

मैं प्रकाश को अंदर बुलाते हुए बैठने को बोला,

प्रकाश बैठे और समाचार पत्र पढ़ने लगे। मैं झट से तैयार होने लगा। देखते ही देखते तैयार हुआ और बाहर निकला फिर हम दोनों साथ में दाखिला लेने के लिए निकल पड़े।

करीब दो घण्टे बाद...

मैं और प्रकाश एक बड़ी संस्था में पहुंचे जिसके बारे में हम पहले ही सारी जानकारी इकट्ठा कर ले लिए थे। अब हमारा काम वहां जाना था, उनकी पूरी प्रक्रिया जाननी थी, सारे दस्तावेज़ सही - सही भरने थे, शुल्क जमा करना था, पूरी औपचारिकता समाप्त करने के बाद वापस आ जाना था।

संस्था का पूरा काम निपटाने के बाद हम बाहर आ गए।

मैं प्रकाश से बोला,

भाई आओ कहीं अच्छी जगह चल कर चाय पीते हैं और साथ में कुछ खा भी लेते हैं।

प्रकाश कई साल से यहां रह रहे थे इसलिए उनको इन जगहों के बारे में विस्तार से पता था।

मैं और प्रकाश दोनों एक चाय की दुकान पर गए, चाय ली, बातें करते हुए पीने लगे।

प्रकाश से मैं सवाल पर सवाल कर रहा था, वो उन सवालों के मुझे उत्तर दे रहे थे। मेरे पास सवालों की कमी नहीं थी और उनके पास उत्तरों की।

चाय ख़त्म, सवाल - जवाब खत्म, पैसे दिए, वहां से फ्लैट जाने के लिए चल दिए।

हम अपनी मस्ती में फ़्लैट के लिए जा ही रहे थे की प्रकाश का फ़ोन बजा। प्रकाश फ़ोन देखे तो किसी रोहन का फ़ोन आ रहा था। प्रकाश फ़ोन पर बात करने के बाद मुझसे बोले,

अरे, अभी

यार रोहन आ रहा है।

मुझे 10 - 15 मिनट के लिए अब रुकना पड़ेगा भाई, अगर तुमको जल्दी हो तो चले

जाओ मैं आ जाऊंगा उससे मिलने के बाद।

क्या भाई, कैसी बात कर रहे हो?

मुझे इतनी भी जल्दी नहीं है की मैं आपके लिए 10 मिनट न रुक पाऊं।

प्रकाश - चल, ठीक है। साथ में ही चलेंगे।

कुछ ही मिनटों बाद...

मैं - भाई ये रोहन कौन है?

प्रकाश - क्या - क्या बताऊं यार उसके बारे में?

जितना बताऊंगा, उतना ही कम रहेगा।

मैं - फिर भी? कुछ तो बताइए

प्रकाश - यार मैं पढ़ने के लिए सबकी तरह पहली बार अपना घर छोड़ कर आया था, उस वक्त को, उस पल को तुम समझ सकते हो।

मैं - बिलकुल भाई

प्रकाश - रोहन ने उस वक्त मेरा बहुत साथ दिया था। जैसे आज़ मैं तुमको सबकुछ समझाता हुं, बताता हूं ठीक उसी तरह मुझे उस वक्त जिस 'प्रकाश' की आवश्यकता थी, वो था रोहन। जब यहां के लोग मुझे लूटने में लगे थे, मेरा फ़ायदा उठा रहे थे। तब अगर किसी ने मेरा साथ दिया था, मुझे समझा था, मेरे बारे में जाना था, जानने की कोशिश किया था, मुझे पढ़ा था तो वो कोई और नहीं रोहन ही था।

रोहन मेरे लिए बिलकुल मेरे बड़े भाई की तरह है। जिस तरह मैं तुम्हारा बड़ा भाई हूं, ठीक उसी तरह वो मेरा है।

इतना बोलते हुए प्रकाश की आंखे भर आई।

आज़ मुझे फिर से कुछ नया सीखने को मिला था कि 'यहां बड़े भाई का भी कोई न कोई बड़ा भाई होता है।' अभी तक मैं जिस प्रकाश को जानता था वो आज़ वाला प्रकाश नहीं था। मुझे आज़ के प्रकाश और पहले वाले प्रकाश में बहुत अंतर दिख रहा था।

'क्यों भरोसा करू? किसी और पर,

जब खुद की आंखे खुद को धोखा दे दें।'

मैं आज़ के प्रकाश को पूरी तरह से जानना चाह रहा था। मैं सोच रहा था कि ऐसा क्या करूं जिससे मुझे प्रकाश भाई के बारे में सबकुछ जानने को मिल जाए।

ख़ैर, इतनी जल्दी ये संभव नहीं था। मैं और आगे सोचता उसके पहले ही आवाज़ आई,

क्या हाल चाल हैं सर?

एकदम मस्त यार, तुम बताओ?

मेरे कानों में नई आवाज़ सुनाई पड़ी, मैं ख्वाओं से बाहर आ गया।

रोहन - यही हैं हमारे अभी भाई?

प्रकाश - हां यार,

मेरे लिए ये कुछ चुनिंदा शब्द चौकाने वाले थे। मैं हैरान हो गया की रोहन भाई मेरे बारे में कैसे जानते हैं?

कुछ पलों में ही ये हैरानी सच्चाई में बदल गई थी। मैं जितना प्रकाश को हिती के बारे में नहीं बताया था, उससे कई गुना ज्यादा रोहन मेरे बारे में जानते थे।

मैं शांत रहा,

रोहन ने कुछ देर मुझसे बातें की उसके बाद प्रकाश से करने लगे। मैं अपने आप में ही व्यस्त था, मुझे बस यही जानने की उत्सुकता थी कि,

आख़िर प्रकाश भाई की सच्चाई है क्या?

कौन हैं?

कैसे हैं?

आख़िर भाई की वास्तविकता क्या है?

मैं उन सारे सवालों के जवाब पाना चाह रहा था जो मेरे दिमाग में उस वक्त गूंज रहे थे। मैं उन सभी सवालों के जवाब पाना चाह रहा था जो मेरे दिमाग में चल रहे थे।

रोहन और प्रकाश आपस में बातें कर रहे थे, मैं उनकी बातों को ध्यान से सुन रहा था।

रोहन, प्रकाश से - कोई नहीं, तुमने बहुत संघर्ष किया है यार; भरोसा रखो, एक दिन सब सही जो जाएगा, बाकी मैं तो हूं ही।

प्रकाश - जवाब में मुस्कुराए,
मैं - फ़िर से ख़ामोश,

14.

'डिग्रियां तो आपके पढ़ाई में हुए खर्चे की रसीदें हैं,

ज्ञान तो वही है, जो आपके किरदार में झलकता हो।'

मैं कभी इन पंक्तियों को पढ़ा था, आज़ सच साबित हो रही थी। मैं जीवन में क्या सीखा, क्या नहीं सीखा, कितनी डिग्रियां मिलीं, कितने पदक मिले थे? इस वक्त मैं अपना सबकुछ भूल चुका था। मैं बस प्रकाश के बारे में ही जानना चाह रह था। मैं उसके बारे में जानने के लिए हर संभव प्रयास करने लगा।

मेरा उतावलापन खत्म होने का नाम ही नहीं ले रहा था इसलिए मैं प्रकाश के पास गया, (उन्हीं से उन्हीं के बारे में पता करना सही नहीं लग रहा था) पर मैं किसी तरह हिम्मत करके एक बार में ही सारा बोल दिया।

मेरे बोलने के बाद प्रकाश,

आराम से भईया आराम से,

क्या हुआ?

इतना परेशान क्यों हो?

मैं थोड़ी देर बाद हिम्मत करके बोला,

भाई मुझे आपके बारे में पूरी तरह से जानना है।

प्रकाश - यार मैं कुछ समझा नहीं, मतलब

मैं - मुझे आपके बारे में कुछ जानना था

प्रकाश - क्या?

मैं - बहुत सारे सवाल हैं मेरे पास, उनका जवाब चाहिए था, ये सवाल आपसे जुड़े हुए हैं पढ़ाई से नहीं।

प्रकाश - ओह! पूछिए

मैं - सही बताओगे?

प्रकाश - हां, क्यों नहीं?

मैं - भाई मुझे आपके बारे में, आपके संघर्षों के बारे में कुछ जानना था। मुझे ये जानना है कि आप कितनी मेहनत करने के बाद यहां तक पहुंचे हो? मुझे ये जानना है कि यहां तक आने के लिए आप कितनी परेशानियां उठाए हो? इन सब के साथ - साथ मुझे ये भी जानना है कि आप कितनी ठोकरें खाए? कितने लोगों को खोए आदि?

मैं प्रश्नों के बौछार कर रहा था और प्रकाश उन्हें गौर से सुन रहे थे। मैं जवाबों की उम्मीदें कर रहा था लेकिन मुझे जवाब के तौर पर बस लंबी आहें, प्यारी सी मुस्कान और मेरे कंधे पर रखे भाई के हाँथ ही मिले थे।

मैं दोबारा कुछ बोलता उसके पहले ही मेरे हिस्से में जवाब के तौर पर सिर्फ़ यही आया था की यार मैं बहुत संघर्ष तो नहीं किया हूं, ज्यादा ठोकरें भी नहीं खाया, कुछ खाश मैं खोया भी नहीं हूं, हां, बस पढ़ाई का खर्च निकालने के लिए घर - घर जाकर शुरूआत के दिनों में बच्चों को ट्यूशन ज़रूर पढ़ाया था।

चेहरे की खामोशियां बता देती हैं,

इंसान, कितना दर्द सहा होगा।'

प्रकाश की बातें सुनकर मैं सहमत नहीं हुआ था इसलिए उत्सुकता जारी रखा। प्रकाश के बारे में जानने का संघर्ष भी जारी रहा। जिस चीज़ का इंतज़ार था, वो था अब, सही समय।

मुझे प्रकाश के परिवार के बारे में भी ज्यादा कुछ पता नहीं था।

हर वक्त दिमाग में सवाल चल रहे थे। घर में कौन - कौन है? माधव क्या करता है? इशिका क्या कर रही होगी? कैसी होगी? मम्मी - पापा किन परिस्थितियों में होंगे?

इन्हीं सवालों के बीच मैं पूरी तरह से घिरा हुआ था। कुछ समझ भी नहीं आ रहा था तभी मुझे रोहन की याद आई। मुझे याद आया की मेरे फ़ोन में रोहन का कॉन्टैक्ट नम्बर ज़रूर होना चाहिए। मैं जिस दिन रोहन से मिला था उसी दिन उनका प्रकाश से कॉन्टैक्ट नम्बर भी लिया था।

थोड़ी देर तक...

करना चाहिए, नहीं करना चाहिए, करूं, न करूं, पता नहीं बताएं, न बताएं वाली दुविधाएं आने लगी,

बुरा तो नहीं मानना चाहिए रोहन को,

करूं,

न करूं,

प्रकाश के बारे में जानना भी है,

कर ही देता हूं,

करता हूं, जो होगा देखा जाएगा के बाद...

मैं रोहन को फ़ोन किया और उनसे बातें करने लगा। करीब एक घंटे बातें करने के बाद मुझे प्रकाश के बारे में या यूं कहें प्रकाश भाई के बारे में जानने को थोड़ा बहुत तो मिल गया था। अब तक मुझे प्रकाश के बारे में बहुत ज्यादा तो नहीं पर जितनी भी जानकारी मिली थी कम भी नहीं थी। मैं रोहन से बात करने के बाद ये समझ गया था की अब मुझे धीरे - धीरे प्रकाश के बारे में सब कुछ पता चल जाएगा।

रोहन मुझे प्रकाश के बारे में बताते हुए एक डायरी का भी ज़िक्र किए थे। साथ ही ये भी बोले थे कि इस डायरी के माध्यम से तुमको उसके बारे में जानने के साथ तुम्हारे सारे सवालों के जवाब भी मिल जाएंगे।

15.

मुखिया जी - खुश रहो बेटा,

खूब पढ़ो और खूब आगे बढ़ो।

मुझे पूरा यकीन है की तुम लोग अपनी मेहनत से इस गांव को एक नया पहचान दिलाओगे। नया नाम दिलाओगे इसलिए खूब मेहनत करना और इस गांव को एक नए मुकाम तक ले जाना। आख़िर इस गांव का नाम तुम लोगों से, तुम्हारी सफ़लता से और युवाओं से ही तो रौशन होगा।

मैं - बिलकुल बाबा

मुखिया जी अफ़सर बनने के बाद हमें भूलना मत (ताने भरी आवाज़ में)

'मुखिया जी और प्रकाश के बीच हुई बातों को ध्यान में रखते हुए प्रकाश की ओर रूख करते हैं।'

मैं प्रकाश को जितना जानता था उसके माध्यम से प्रकाश के पढ़ने का तरीका कुछ इस प्रकार था।

सुबह 05 : 55 पर उठना और रात करीब 12: 00 बजे तक विस्तर पर जाना। वो चार से पाँच घण्टे निजी कामों के लिए दे रहे थे और बचे हुए समय में सिर्फ़ पढ़ाई कर रहे थे।

महीने के दो रविवार में बाकी बचे हुऐ कामों को और दो रविवार में उन चीजों को पूरा करते थे जो साप्ताहिक रणनीति में छूट जाते थे।

मैं प्रकाश को ज्यादा से ज्यादा समय कमरा और पुस्तकालय आते - जाते ही देखता था। वो अपना समय जिन जगहों पर सबसे ज्यादा बिताते थे, वो थे।

पुस्तकालय, कमरा, किताबों की दुकानें व चाय की दुकानें।

प्रकाश के फ़ोन में पूरे दिन के बीच बस चार से पाँच कॉल ही आते थे, जिसमें अधिकतर कॉल प्रिशा के होते थे। प्रकाश का पकड़ फोन पर इतना सटीक था की अगर वो खुद से कॉल कर लें तो कॉले आने की संभावनाएं बिलकुल खत्म हो जाती थी।

मैंने रोहन से बात करने के बाद डायरी के बारे में सोचने लगा था क्योंकि डायरी के बारे में रोहन मुझसे पहले ही जिक्र कर चुके थे। मैं आज फिर सवालों के घेरे में आने लगा था। कुछ ही सेकेंडों में मेरे दिमाग में अनेकों प्रकार के सवाल आने लगे थे।

मैं कभी सवालों के जवाब ढूंढने की कोशिश करता तो कभी डायरी जिसको रोहन मुझे बताते हुए उसके नाम का भी ज़िक्र किए थे।

'हे, दिस इज़ फॉर यू'

इस डायरी में प्रकाश के बड़े से बड़े राज़ छिपे थे। ये डायरी प्रकाश के बहुत करीब इसलिए भी थी क्योंकि इस डायरी को जिसने दिया था वो कोई और नहीं 'प्रिशा' ही थी।

कौन प्रिशा?

अब ये प्रिशा कौन है?

क्या रिश्ता रहा होगा इन लोगों का?

आख़िर ये प्रिशा, प्रकाश की थी कौन?

मुस्कुराइए, आगे मिलते हैं।

16.

मैं रोहन से कॉल पर बात करके प्रकाश के विषय में, उनके परिवार के विषय में और गहराई से जानने के लिए मुलाकात करना चाहता था जिससे मैं रोहन से मिलकर प्रकाश और परिवार के विषय में विस्तार से जान सकूं और उन्हें समझ सकूं।

मैं रोहन से अपनी भावनाएं व्यक्त करते हुए निवेदन किया, कुछ समय बाद रोहन मिलने के लिए तैयार हो गए। कुछ ही पलों में बात करने के लिए हमने एक जगह और समय चुना जहां हमें अपने समयानुसार पहुंचना था।

हम दोनों चुने हुए जगह पर समय से पहुंच गए थे, रोहन मुझसे कुछ समय पहले ही आ गए थे। हम एक चाय की दुकान पर गए, चाय ली और बातें करने के लिए बाहर आ गए। आज़ रोहन से प्रकाश के बारे में बात करते हुए घंटों बीत गए थे पता ही नहीं चला था।

रोहन प्रकाश के बारे में बताते हुए कई चेहरों का जिक्र किए थे जिनमें ये चेहरे 'इशिका, प्रिशा, माधव' मुख्य रूप से थे। इनका जिक्र, प्रिशा - दोस्त, इशिका - बहन, वहीं माधव का भाई के रूप में था।

रोहन प्रकाश की शुरवाती दिनों का एवं उनकी संघर्षों का जिक्र जब कर रहे थे, तब आंखों में आंसू भरे हुए बोले,

क्या - क्या बताऊं यार उसके बारे में? ठीक यही जवाब उस दिन प्रकाश का भी था जब मैं प्रकाश से रोहन के बारे मे पूछा था।

अंजान शहरों में लोग किसी पर न तो भरोसा करते हैं और न ही किसी की मदद। एक युवा सा लड़का रोते हुए रेलवे स्टेशन के बाहर बैठा हुआ था, कोई लड़का सार्वजनिक स्थान पर रो रहा था इसलिए मैं उस पर गौर किया। लोग आ रहे थे, जा रहे थे किसी को कोई फ़र्क नहीं पड़ रहा था कई घंटे बीत चुके थे, वो लड़का वहीं बैठा रहा। आस - पास कुछ सामान था जिसकी वजह से मैं समझ गया था की वो यहां पर नया है।

'मैं नए शहर रहने क्या आया,

मेरे अपनें भी, मुझे भुला दिए।'

उसके हांथ में एक कीपैड फ़ोन था। वह कभी फ़ोन को देख रहा था तो कभी आस - पास खड़े लोगों को, उस पल को देख कर मुझे ये महसूस हो रहा था जैसे 'उसे फ़ोन में अपनों का और लोगों में अपनत्व का इंतजार था।'

मैं घंटों से दूर खड़ा ये मंज़र देख रहा था इसलिए कुछ देर बाद मैं उसके पास गया,

क्या हुआ भाई?

कोई परेशानी?

घंटों से अकेला बैठा वो लड़का मुझे एकटक देखने लगा। घंटों लोगों का नकारना, इधर - उधर भटकना, लोगों के सामने हांथ फ़ैलाने के बाद भी उसके प्रति उनका शक की नज़र से देखना जिसकी वजह से उसकी अंतरात्मा मेरे ऊपर भी भरोसा करने से मना कर रही थी।

मैं दोबारा पूछा,

परिणाम पहले वाला ही निकला।

'परिस्थितियाँ मजबूर कर देती हैं हांथ फ़ैलाने को,

बाकी सम्मान से जीना तो, उन्हें भी आता है।'

मुझे उसकी तकलीफें समझ आ रही थी इसलिए मैं उसी के पास काफ़ी देर तक चुप बैठा रहा। उस लड़के को देखकर मुझे यही समझ आ रहा था कि उसे यूं अकेला छोड़ना सही नहीं है। मुझे उसकी विपरीत परिस्थितियां इसलिए भी समझ आ रही थी क्योंकि सालों पहले ये मेरे साथ भी घट चुका था।

'किसी का दर्द वही समझ सकता है,

जो उस दर्द को कभी झेला हो।'

मुझे उसकी दर्द, तकलीफें, उदासी, दुविधाएं देख कर ये लग रहा था मानो ये घटना मेरे साथ कभी घट चुका हो इसलिए मैं उससे बार - बार पूछ रहा था।

'भागते भूत की लंगोटी भली 'मुहावरा इस वक्त सही साबित हो रही थी। काफ़ी समय बाद वो लड़का चुप्पी तोड़ते हुए बोला, मेरा नाम प्रकाश (प्रकाश कुमार) है। मैं शहर

पहली बार आया हूं। मुझे यहां के बारे में कुछ भी पता नहीं है। मेरे पास जितना पैसा था वो भी कहीं गिर गया। मैं लोगों से मदद मांगा पर कोई मदद नहीं किया। शायद उनको मेरा चेहरा व पहनावा देखकर लगा होगा कि मैं झूठ बोल रहा हूं।

मैं उसकी बातें बहुत ध्यान से सुन रहा था। जैसे वो कहना चाह रहा था।

'मैं धीरे - धीरे अंदर से खत्म हो रहा था,

उनको लग रहा था मैं, झूठ बोल रहा हूं।'

वो अपने बारे में मुझे बताता रहा की भईया,

मुझे कुछ समझ नहीं आ रहा है कि,

मैं क्या करूं?

कैसे करूं ?

कहां जाऊं?

मेरे पास अब इतना भी पैसा नहीं है की मैं अपने घर ही वापस चला जाऊं।

17.

मैं प्रकाश का दरवाज़ा खटखटाया, दरवाजा खुला, देखा, प्रकाश पढ़ रहा था। मज़ाक करते हुए मैं अंदर आने की अनुमति ली। प्रकाश मुस्कुराते हुए बोला,

मज़ाक न करो यार, अब आ भी जाओ।

मैं अंदर जाते ही चारों ओर देखने लगा, शायद मेरी नज़रें उस वक्त डायरी ढूंढ रही थी। हम हंसी - मज़ाक करते हुए बातें कर रहे थे तभी मेरी नज़र 'प्रिशा' पर पड़ी।

प्रिशा?

डायरी का नाम।

प्रिशा की अहमियत प्रकाश की नज़रों में कुछ ज्यादा ही थी। शायद उतनी अहमियत मैं कभी हिती को न दे पाया होऊंगा।

अहमियत इतनी की डायरी देने वाली 'प्रिशा' को भी नहीं पता रहा होगा कि उनकी दी हुई डायरी का नाम भी उन्हीं के नाम से थी।

'डियर प्रिशा'

डायरी के बारे में सब कुछ पता होने के बावजूद भी मैं कुछ देर तक अंजान बना बैठा रहा।

भाई, ये डायरी,

ये तो वही डायरी है न जिसके बारे में,

जिसके बारे में उस दिन रोहन ने मुझे बताया था।

मैं भोला - भाला बना, मासूम सा चेहरा बनाए हुए,

प्रकाश से पूछ रहा था...

प्रकाश - ज्यादा अंजान न बनो भईया रोहन मुझे पहले ही बता दिए हैं की तुम उनसे मेरे बारे में जानने के लिए फ़ोन किए थे। जब मेरी बात रोहन से हुई थी तभी मैं समझ गया था की रोहन ज़रूर तुमसे डायरी की जिक्र किए होंगे।

मैं प्रकाश की बातें सुनकर मुस्कुराने लगा और हंसी - मज़ाक करते हुए डायरी लेने के फिराक़ में था। मैं कभी डायरी की ओर तो कभी प्रकाश की ओर देख रहा था। प्रकाश की आंखें देख कर, चेहरे का भाव देख कर यही लग रहा था जैसे वो समझ गए हों की इसका मकसद डायरी पाना है। उसे पढ़ना है।

प्रकाश कुछ बोलते, मैं डायरी मांगने लगा, ये जानने के बावजूद कि किसी की डायरी पढ़ना सही नहीं है। फिर भी मैं अपनी बातों में डटा रहा।

डायरी में सिमटे राज़ और प्रकाश के स्वाभाव के बारे में जानने से पहले हम खुद के बारे में, हमारे बारे में, हम इंसानों के बारे में जान लेते हैं।

सबसे पहले अंतर्मुखी (Introvert) और बहिर्मुखी (Extrovert) में अंतर समझते हैं।

ऐसे लोग जो खुद में डूबे रहते हैं, बहुत कम लोगों से मिलते हैं, बहुत कम बोलते हैं, अधिकांश समय अकेला रहना पसंद करते हैं, हम उन्हें अंतर्मुखी (Introvert) कहते हैं। वहीं ऐसे लोग जो हर समय बातें करते हैं, किसी के साथ तुरंत घुल - मिल जाते हैं, अधिकांश समय लोगों के बीच बिताते हैं, समाज में उलझे रहते हैं, उन्हें हम अंतर्मुखी (Introvert) कहते हैं।

मुझे आशा ही नहीं बल्कि यकीन है की अब आप प्रकाश के स्वाभाव के बारे में आसानी से समझ सकते हैं।

प्रकाश का स्वाभाव कैसा था?

प्रकाश का स्वाभाव __________ था।

प्रकाश ही नहीं कोई भी इंसान जो अकेला रहता हो, बहुत कम लोगों से अपनी बातें बताता हो, उसमें भी अधिकांश बातें किसी को न बताकर अपने तक ही रखता हो, ऐसे लोगों को भी तो कोई न कोई चाहिए होता है अपनी बातें बताने को, दिल की बातें करने को, ऐसे लोग जो हमेशा खुद को अकेला रखते हैं उनके जैसे अधिकांश लोगों का साथी 'डायरी' ही होता है।

एक ऐसी डायरी जिसे वो अपने परिवार का हिस्सा बनाकर, अपना हिस्सा बनाकर, 'जिसमें वो अपने जीवन में घटित तमाम घटनाएँ, वो सारी बातें जिसे वो किसी को नहीं

बता पाते, जो सिर्फ़ उन्हीं तक रहती हैं' लिखने लगते हैं। अपने भावों को दर्शाने लगते हैं।

'अपने भाव व्यक्त करना उन्हें लिखना इतना आसान नहीं होता है क्योंकि उन कुछ पन्नों को लिखने के लिए लोगों को वैसी जिंदगी जीनी पड़ती है।'

प्रकाश के विषय में रोहन ये भी बताए थे की प्रिशा , प्रकाश को बहुत चाहती थी। वो अपना सारा जीवन प्रकाश के साथ में जीना चाहती थी। प्रकाश भी प्रिशा को बहुत चाहता था। चाहता है।

प्रिशा कई बार प्रकाश से बात करते हुए रोई थी। वो अपनी ज़िंदगी बस प्रकाश में ही देख रही थी। वो कभी भी प्रकाश से किसी बात की जिद्द नहीं करती थी। उससे जितना हो सकता था हर संभव प्रकाश का साथ देती थी।

प्रिशा को प्रकाश से किसी भी चीज़ को लेकर कोई परेशानी नहीं थी, एक भी शिकायत नहीं थी। वो प्रकाश को बहुत अच्छे से समझती थी। जानती थी।

प्रिशा के दिमाग में भले ही प्रकाश - प्रकाश चल रहा था लेकिन प्रकाश के दिमाग में तकलीफें, मुसीबतें, जिम्मेदारियां, खुद से खुद का संघर्ष चल रहा था।

रोहन की इन बातों को सुनकर मैं हैरान हो गया था की हर इंसान का जीवन एक समान नहीं होता है। अब तक मुझे इतना तो समझ आ चुका था।

मैं कुछ सवालों के साथ...

मम्मी - पापा?

इशिका?

माधव?

मेरे पास सवाल तो तमाम थे पर जवाब...?

18.

प्रकाश की अधिकांश बातें ऐसी भी थी जिनके बारे में मुझे ही नहीं बल्कि रोहन को भी नहीं पता था।

अब सवाल ये उठता है कि अगर रोहन को भी नहीं पता था तो किसे था?

था कोई और भी,

कौन?

डायरी,

प्रकाश की डायरी से,

डायरी नाम - प्रिशा

शुरुआत - डियर प्रिशु,

प्रिशा, मैं इसमें लिखने की शुरुआत तुम्हारे नाम से कर रहा हूं, तुम मेरे लिए कितनी कीमती हो मैं उसे लफ्ज़ों में नहीं बता पाऊंगा। तुम मेरे साथ उन पलों में भी खड़ी थी जब मैं कुछ भी नहीं था। बिलकुल न समझ था। अगर तुम उन हालातों में मेरा साथ न दी होती तो शायद मैं आज़ इन यादों को, इन हकीकतों को न लिख रहा होता। मैं अपने लफ्ज़ों को न बयां कर पाता। मैं जो कुछ भी हूं तुमसे हूं, तुम्हारे भरोसे से हूं, तुम्हारे साथ से हूं। तुम सिर्फ़ मेरा साथ ही नहीं दी थी बल्कि मुझे कई बार मरने से भी बचाई थी।

प्रिशा अगर परिवार के बाद, रोहन के बाद, मां के बाद मेरे लिए कोई कीमती है तो, वो तुम हो। तुम और रोहन मेरे लिए अमूल्य हो जिसकी कीमत मैं शब्दों में या फ़िर लफ्ज़ों में नहीं बयां कर सकता हूं। प्रिशा तुम मुझे कई सालों से जानती हो, तुम मुझे स्कूल के वक्त से जानती हो। प्रिशा तुम मुझे कुछ वक्त दे दो, भरोसा रखो मैं एक दिन सबकुछ सही कर दूंगा।

प्रिशा तुमको भरोसा है न मेरे ऊपर?

तुम मेरे साथ हो न?

तुम मुझे कहीं छोड़कर मत जाना,

प्लीज़!

मैं डायरी के कुछ पन्ने आगे पलटा, देखा रोहन का ज़िक्र करते हुए प्रकाश ने कुछ लिखा था।

प्रिशा तुमको पता है मैं बहुत खुशनसीब हूं देखो अभी तुम कुछ महीने पहले ही मुझे डायरी भेंट की और संजोग देखो इतनी जल्दी मुझे लिखने का मौका भी मिल गया है।

प्रिशा उस दिन जब मैं नया - नया शहर आया था पता नहीं कैसे मेरा पूरा पैसा कहीं गिर गया था। तुमको मालूम है, मेरे पास उस दिन इतना भी पैसा नहीं था जिससे मैं घर वापस लौट पाता। मैं कई लोगों के सामने हांथ फैलाया था पर हर कोई मेरा मज़ाक उड़ा रहा था, कोई भी मुझे नहीं समझ रहा था। उन लोगों को लग रहा था कि मैं झूठ बोल रहा हूं।

मैं इतना परेशान था उस दिन की मुझे बार - बार घर की याद आ रही थी। तुम्हारी याद आ रही थी, मम्मी - पापा का चेहरा याद आ रहा था, माधव की मुझसे उम्मीदें और इशिका का रोता हुआ चेहरा मुझे रोने पर मजबूर कर रहा था।

प्रिशा तुमको पता है उस दिन सच में मैं उन लोगों के सामने ही रोने लगा था। मुझे एक समय के बाद ऐसा लगने लगा था जैसे सबकुछ खत्म हो गया हो।

रोहन का ज़िक्र करते हुए ...

उस दिन जब मुझे सब कुछ खत्म सा लगने लगा था तभी मेरे पास एक भईया आए। पहले तो मुझे उनको देख कर लगा था की ये भी औरों की तरह मेरा मज़ाक ही उड़ाने आए होंगे क्योंकि घंटो हो गए थे मदद वाले हांथ एक भी नहीं दिखे थे।

वो मुझसे लगातार मेरे बारे में पूछ रहे थे लेकिन मैं उन पर भरोसा ही नहीं कर रहा था।

हट्ट, मैं भी कितना पागल था?

उन्होंने मुझे अपना नाम बताया,

पता है उनका नाम क्या था?

मैं भी पागल हो गया हूं। तुमको कैसे पता होगा जब मैं अभी तक तुमको बताया ही नहीं हूं। उन भईया का नाम रोहन था।

वो मेरे पास आए और मेरे बारे में पूछने लगे, मैं उनको कुछ भी नहीं बता रहा था क्योंकि मुझे बस यही डर था की कहीं वो भी न मेरा मज़ाक उड़ाएं।

वो कई बार मुझसे पूछे थे,

बस, मैं ही, कुछ नहीं बता रहा था।

कुछ देर बाद मैं एक बार में ही सबकुछ बोल दिया वो मेरी बातों को सुनने के बाद मुझे गौर से देखने लगे, प्रिशा पता है, मैं न, उस दिन डर भी गया था। उनको मैं अपने बारे में सबकुछ बता दिया था। कुछ देर बाद वो मुझसे बोले,

मेरे घर चलोगे?

मैं इतना सुनने के बाद और डर गया था क्योंकि घर पर सब बोले नहीं थे कि अंजान शहर रहेगा, वहां किसी के साथ कहीं मत जाना, किसी का दिया हुआ भी कुछ मत खाना।

फिर तुम भी तो यही बोली थी,

याद आया?

खैर छोड़ो,

वो मुझे अपने साथ ले जाने के लिए बोले, मैं बहुत ज्यादा डर रहा था। मैं इतना डर गया था की मैं न तो मना कर पा रहा था और न ही हां कर पा रहा था।

वो मुझे बहुत समझाए, मुझे भरोसा दिलाए और बोले की तुम मेरे छोटे भाई की तरह हो जब तक मैं हूं तब तक तुमको किसी भी प्रकार की कोई दिक्कत नहीं होने दूंगा।

कुछ देर सोचने के बाद मैं उनके साथ चलने के लिए हां कर दिया था।

फिर करता भी क्या?

मेरे पास और कोई रास्ता भी तो नहीं था इसलिए मैं हां कर दिया था। मैं हिम्मत करके भगवान से प्रार्थना करते हुए ये सोच कर की पहली बात तो कुछ करेंगे ही नहीं, बाकी अगर मेरे साथ कुछ गलत भी करेंगे तो देखा जाएगा।

प्रिशा, मेरे पास कोई रास्ता भी तो नहीं था।

मैं उस वक्त क्या ही करता?

मैं उनके साथ चला गया,,,

19.

डायरी पढ़ते वक्त मेरे आंखों से आंसू गिरने लगे थे। मैं चाह कर भी खुद को रोने से रोक नहीं पाया था। इस वक्त डायरी पढ़ना मेरे लिए आसान नहीं था इसलिए मैं डायरी को बंद करके रख दिया था।

डायरी पढ़ने की वजह से मुझे हिती की याद आने लगी थी, डायरी पढ़ने के बाद मुझे लगा जैसे प्रकाश, प्रिशा को नहीं बल्कि मैं हिती को याद कर रहा था ये प्रकाश द्वारा प्रिशा के लिए नहीं बल्कि मैं हिती के लिए लिखा था और हिती से सारी बातें बता रहा था।

जब तक मेरे हाथों में प्रकाश की डायरी नहीं थी तब तक मैं उसे पढ़ने के लिए उतावला था। डायरी आया तो आगे पढ़ने का हिम्मत नहीं हो रहा था। मैं अपना मन बहलाने के लिए थोड़ी देर हिती से, फिर रोहन से उसके बाद हर्षा से बात किया। मम्मा को, पापा को अगर मैं अपनी तरफ़ से कॉल कर लेता था तो उनका कॉल बहुत कम ही आता था।

प्रकाश ने जिस तरीके से, जिस लहज़े में डायरी लिखा था। उसे पढ़ कर लग रहा था की वो सिर्फ़ डायरी नहीं लिख रहे थे बल्कि उसके माध्यम से वो प्रिशा से बातें कर रहे थे और अपनी बातें प्रिशा को करीब रख कर उनको बता रहे थे।

प्रकाश की डायरी से,

प्रिशा, आज़ माधव का फोन आया था, पूरा परिवार बहुत खुश था, सब लोग बोल रहे थे, बेटा अच्छे से मेहनत करके पढ़ाई करना, यहां की चिंता बिलकुल मत करना, यहां सब ठीक है।

पापा, इशिका से बोल रहे थे की प्रकाश को खेत के बारे में बता दो, इशिका मुझे खेत के बारे में बताते हुए बोली, तुमको पता है अब हम सब मिल कर खुद से खेती करते हैं। भाई तुम परेशान मत होना सब ठीक हो जाएगा एक दिन।

प्रिशा मैं भी उसी दिन का इंतजार कर रहा हूं, जिस दिन सब ठीक हो जाएगा।

प्रिशा यार, कुछ भी हो घर वाले बहुत साथ देते हैं, पता नहीं कब मैं उनकी तकलीफों को दूर करने में सक्षम हो पाऊंगा।

कुछ दिन बाद...

प्रिशा, तुमको रोहन वाली बात याद है। उस दिन मैं रोहन के साथ डरते - डरते उनके घर जब गया था।

तुम सोच भी नहीं सकती मेरे साथ क्या हुआ था। मैं रोहन के साथ उनके घर पहुंचने के बाद, रोहन मुझे एक कमरे में बैठा कर अंदर चले गए। उनके अंदर जाते ही मैं और घबराने लगा था। मेरे दिमाग में अजीबो - गरीब ख़्याल आने लगे थे और मैं पूरी तरह पसीने से भीगा हुआ था।

एक तरफ़ मुझे मेरा डर परेशान कर रहा था तो वहीं दूसरी तरफ़ भूख। उस दिन मुझे इतनी जोर की भूख लगी थी की समझ ही नहीं आ रहा था क्या करूं? बस यही मन हो रहा था की क्या पाऊं, क्या खा लूं? उस दिन मेरा जंग सिर्फ़ मुझसे ही नहीं था बल्कि उसके साथ - साथ डर और भूख से भी था।

मुझे नहीं पता था की मेरे साथ क्या हो रहा था या फिर क्या होता? बस मैं अपने डर को काबू में करके यही सोच रहा था की मेरे साथ जो करना हो कर लो बस मुझे कुछ खाने को दे दो।

यहां तक डायरी पढ़ने के बाद मैं उस पल को समझ सकता था। उस दिन प्रकाश की जगह अगर मैं भी होता, मुझे स्वादिष्ट खाने की जगह, बेस्वाद, ताज़े खाने की जगह, एक दो दिन की बासी रूखा - सूखा भी मिलता तो भी उसे मैं खुशी - खुशी खा लेता।

उस दिन मेरे उसूलों से भूख का जंग भी होता तब भी ऐसे हाल में शायद भूख ही जीतता।

डायरी से,

कुछ देर बाद,

रोहन अपनी मम्मी के साथ मेरे पास आए। उनकी मम्मी मुझे बहुत गौर से देख रही थी

शायद अजनबी था कुछ इसलिए भी। मैं डरा सा, सहमा सा, सर झुकाए चुपचाप वहीं बैठा हुआ था। तभी आवाज़ सुनाई पड़ी बेटा परेशान न हो तुम इसे अपना घर ही समझो। आप तो मेरे बेटे जैसे हो।

अभी तक मैं उन लोगों के बारे में कितना भला बुरा सोच रहा था लेकिन जैसे ही रोहन की मम्मी को ये बोलते सुना, मैं फफ़क कर अचानक से रोने लगा था और कुछ देर तक रोता ही रहा।

मम्मी - बेटा रोते नहीं हैं। आप भी तो मेरे बेटे हो, चलो जल्दी से अच्छे बच्चों की तरह हांथ - मुंह धोकर आओ और खाना खाओ।

भूखे होगे न आप?

देखो अभी तक रोहन भी खाना नहीं खाया है चलो उठो अब और जल्दी से हांथ - मुंह धोकर आओ और सबसे पहले दोनों खाना खाओ।

मुझे कुछ देर पहले इतनी भूख लगी थी की बर्दास्त नहीं हो रहा था, मन हो रहा था की क्या पा जाऊं, क्या खा लूं? पर अब भूख मानो छू मंतर हो गया था।

20.

मैं अपनी कहानियों में, मस्तियों में इतना ज्यादा विलीन हो गया था, इतना ज्यादा उसमें खो गया था की परीक्षा कब नज़दीक आ गई, मुझे पता ही नहीं चला था। ये साल मस्ती में बिताने के बाद, जब कुछ ही समय परीक्षा के लिए बचा, तब मैं पढ़ना शुरू किया। शुरुआत तो ख़ैर कर दिया था लेकिन किताबें खोलने के बाद मैं पूरी तरह से समझ गया था की किसी का नाम सूची में आए या नहीं पर मेरा पक्का आएगा। जब मैं घर से शहर पढ़ने के लिए चला था उस वक्त मेरा उत्साह ठीक उसी तरह था जैसे हमारे सम्मानित सिपाहियों का, हमारे जवानों का, देश के प्रति होता है। अगर उस वक्त और आज़ के वक्त में अंतर करूं तो शायद इस प्रकार से रहा होगा कि-

मैं इस घर का बेटा हूं, मैं फ़ौज में जाऊंगा,
सीना तान शरहद पर, वैरी से लड़ जाऊंगा।

मैं जब निकलूंगा घर से, वो भी तो जाएंगे,
मम्मी - पापा परिवार, स्टेशन छोड़ आएंगे।

मैं सबके पैर छू, अपनी सीट पर बैठ जाऊंगा,
देखते ही देखते, मंजिल तक पहुंच जाऊंगा।

वो दिन कौन सा है? जब बदन पर वर्दी होगी,
लक्ष्य भेदती मेरी आंखें, वैरियों पर टिकी होंगी।

मैं जी जान से, उन वैरियों का सामना करूंगा,
आखिरी सांस रुकने तक, मैं भी नहीं रुकूंगा।

क्या होगा मेरे साथ, मैं, कहां तक जाऊंगा?

जिंदा या तिरंगे से लिपटा, वापस तो आऊंगा।

अगर किसी बच्चे के साथ बिना उसके संतुष्टि के, बिना उसके अनुमति के कुछ जबरदस्ती करें तब उसकी प्रतिक्रिया कुछ यूं रहती है।

अच्छा,

मेरे साथ ऐसा किए हो,

मेरे साथ,

अब देखना बिना ये पूरा किए, बिना करोड़ों कमाए मैं इस घर में एक कदम भी नहीं रखूंगा। उस वक्त उसके पास जो उत्साह होता है। शायद वही मेरे साथ भी रहा होगा।

गुस्से में लिए गए निर्णय और मिले उत्साह ज्यादा दिन तक टिकते नही हैं। अधिकतर गलत ही साबित होते हैं। ठीक वही मेरे साथ हुआ था। उत्साह 'स्वाहा'

मैं पहले कभी अपने विश्वास को न तो कम होने देता था और न अधिक, मैं यही प्रयास करता था की मैं आत्मविश्वास में ही रहूं। पर अहंकार, उसका क्या? वो मुझे इतनी जल्दी अपने मालिक यानी मुझे निराश कैसे कर सकता था? ठीक वही हुआ। मेरे दिमाग ने मुझे तुरंत समझाया,

अरे अभी,

तुम अभी हो, अभी,

तुम वही अभी हो जो स्कूल में, कॉलेज में टॉपर थे टॉपर,

मानो, मेरा दिमाग मुझसे ही पूछ रहा था, तुम वही अभी हो या कोई और?

कुछ ही पलों में मुझे लगा की बात तो सही है। स्कूल के और कॉलेज के कई परीक्षाओं को तो मैं एक दिन पहले पढ़कर निकाल देता था। जब मैं एक दिन में परीक्षा निकाल देता था। तो इस वाले में तो अभी बहुत वक्त है। ये तो वैसे ही हो जाएगा।

सबसे ज्यादा भरोसा सिर्फ़ दो ही लोगों के पास होता है जिसमें पहले वो जो बहुत पढ़े हों, बहुत मेहनत किए हों और दूसरे वो जो बिलकुल भी न पढ़े हों। मैं दूसरे वाले में आ रहा था।

इस परीक्षा की तैयारी के लिए मैं और प्रकाश दोनों लगातार पढ़ाई कर रहे थे, लगातार मेहनत कर रहे थे। हमें न तो दिन का पता चल रहा था और न ही रात का। घर पर भी बहुत देर तक बात - चीत करना बंद कर दिए थे। फ़ोन भी कुछ ख़ास नहीं चला रहे थे। हम वो सारे काम बंद कर दिए थे जिससे हमारा समय बर्बाद हो सकता था।

इस बार की परीक्षा को लेकर हम बहुत गंभीर थे। हमें भरोसा भी था की हम दोनों का परिणाम सकारात्मक ही रहेगा। मुझे इसलिए इतना भरोसा था क्योंकि ये मेरा पहला प्रयास था और प्रकाश को इसलिए भरोसा था क्योंकि प्रकाश कई बार असफल हो चुके थे। अब वो पुरानी गलतियां दोहराना नहीं चाहते थे।

इस परीक्षा के लिए हम इतना गंभीर थे की होली मनाने के लिए बहन आमंत्रित की थी और हमारा छोटा भाई कितने प्यार से हमें बुलाया था लेकिन हम मना कर दिए थे।

कहीं आप दुविधा में तो नहीं आ गए, ये तो इकलौता था।

फिर...

भाई और बहन?

दोस्त का परिवार अपना परिवार,

दोस्त का भाई 'भाई' और दोस्त की बहन 'बहन'

याद आया,

माधव और इशिका।

21.

प्रकाश की डायरी से,

उस दिन मैं रोहन के यहां खाना खा रहा था और साथ में रो भी रहा था। मैं खाना खाने के बाद मम्मी (रोहन की मां) का पैर छू कर आशीर्वाद लिया और उसके बाद वापस जाने लगा तभी मुझे पीछे से एक आवाज़ सुनाई दी,

कहां जा रहे हो इतनी जल्दी?

ये आवाज़ किसी और की नहीं रोहन की मां की ही थी। मैं शायद ही कभी किसी को आंटी बोला होऊंगा इसलिए मैं रोहन की मां को मां बोलते हुए बोला,

मां यहीं कुछ किलोमीटर के आस - पास कमरा लेना चाह रहा हूं तो उसी के लिए जा रहा हूं। मुझे पता था की मेरा ये झूठ तुरंत पकड़ जाएगा और वही हुआ।

मां - तुम तो बेटा तुरंत बदल गए। अभी कुछ देर पहले ही मुझे मां बोले हो, मैं तुमको अपना बेटा बोली हूं और तुम यूं ही जा रहे हो। बेटा एक बात हमेशा याद रखना,

'बच्चे कितने भी समझदार हो जाएं, मां - बाप से ज्यादा नहीं हो पाते हैं।'

मैं मां की बातें ध्यान पूर्वक सुन रहा था। मुझे समझ आ गया था की मेरा झूठ पकड़ गया है। कुछ देर मां मेरी ओर देखती रही फिर एकाएक बोली,

तुम अपनी ही मां से झूठ बोल रहे हो, तुम्हारे पास पैसे हैं, नहीं हैं न, तो झूठ क्यों बोल रहे हो?

वो बोली जा रही थी और मैं शांत खड़ा हर शब्द सुन रहा था उन्हें गौर कर रहा था।

मां- तुमको कहीं जाने की कोई आवश्यकता नहीं है, अभी तुम यहीं रहो, रोहन एक अच्छा सा कमरा ढूंढ कर तुमको वहां शिफ्ट करा देगा। जब तक तुम वहां नहीं जा रहे हो तब तक तो अपनी मां के साथ रह लो।

मां - बोलो रहोगे न?

बोलो, बोलो

तुम तो मेरे छोटे राजा बेटे हो,

मेरा बच्चा मेरे साथ रहेगा न, बोलो रहोगे न,

मैं मां की बातें सुन रहा था वो लगातार मुझे रोकने की कोशिश कर रही थी। आखिरकार मां की ममता जीत गई और मैं वहीं रहने लगा।

मैं आश्चर्य में था की कोई इतनी जल्दी किसी को कैसे अपना बेटा, अपना भाई बना सकता है? पर सच्चाई यही थी।

कभी - कभी लगता है की जो कुछ भी होता है अच्छे के लिए ही होता है। अगर मेरा पैसा न गिरा होता तो आज़ मैं इतना अच्छा परिवार, इतनी अच्छी मां, इतना अच्छा भाई खो देता।

मुझे वहां रहते हुए कई महीने हो गए थे, मैं खुश भी था। मुझे किसी भी प्रकार की कोई कमी नहीं थी, मां रोहन और मेरे बीच में कभी भी फ़र्क नहीं की।

पर कई महीने बाद मैं हिम्मत करके मां के पास गया और बोला,

मां मुझे कहीं बाहर सस्ता सा एक कमरा दिलवा दो मैं वहीं रहकर पढ़ाई करूंगा।

मां - क्या हुआ बेटा, कोई दिक्कत, रोहन कुछ बोला क्या मेरे बच्चे को?

रोहन तुम कुछ बोले क्या मेरे बच्चे को? (डांटते हुए)

रोहन - नहीं यार मैं तो कुछ नहीं बोला।

मां - तो फिर

रोहन - उन्हीं से पूछो (बड़े भाई की तरह हक जमाते हुए)

मां - क्या हुआ बेटा, हमसे कोई गलती हुई?

मैं - कैसी बात कर रही हो आप? आपसे कोई गलती होगी तो इसका मतलब ये थोड़ी है की मैं यहां से चला जाऊंगा। आप तो मेरे लिए देवी हो।

मां - तो फिर,

मैं - बस यही मन कर रहा है की मैं कहीं और कमरा लेकर पढ़ाई करूं, इसके पीछे का कारण मुझे बिल्कुल भी नहीं पता है। आप मेरी बातों पर भरोसा करो, आप तो मेरी मां हो मैं आपसे कैसे नाराज़ हो सकता हूं?

कुछ देर बाद मां बोली,

अच्छा ठीक है।

तुम्हारा जो मन करे तुम वो करो, बस इतना याद रखना की इस मां को, इस भाई को मत भूलना। रोज़ फ़ोन करोगे हमें और कम से कम महीने में एक बार हमसे मिलने आया करोगे। मां की बातें सुन कर लगा जैसे वो मेरे मन को पढ़ ली हों।

मैं - ठीक है मां

मां - पैसों की चिंता मत करना, बस तुम अच्छे से पढ़ाई करना, ठीक है न,

मैं - बिलकुल

मां रोहन से बोली,

देखो प्रकाश के लिए कोई अच्छा सा कमरा दिलवा दो जो हमारे बजट में हो।

मां की आज्ञा पाने के बाद रोहन मेरे साथ कमरा ढूंढने में लग गए। एक अच्छा सा कमरा बजट के अनुसार संस्थाओं से कुछ किलोमीटर दूर मिल गया।

22.

परिक्षा की तारीख़ आ चुकी थी। हम दोनों परीक्षा वाले दिन के एक दिन पहले सरिता मां (रोहन की मां) के पास उनका आशीर्वाद लेने गए थे। जहां मैं पहली बार रोहन की मां से मिला था। उनको देख कर उनसे बातें करके सच में कोई ये नहीं बता सकता था की वो रोहन की मां हैं न की प्रकाश की। प्रकाश उनके लिए उनका सबसे अच्छा वाला लाडला बेटा था।

होता भी क्यों न,

कुछ तो बात प्रकाश में थी। यूं ही नहीं वो किसी का बड़ा भाई था।

किसी का मतलब, यानी मेरा और माधव का।

कुछ घंटे बाद ही हम अब वहां से वापस फ्लैट पर आ गए थे। फिर हमने घर पर सबसे बात किया। प्रकाश अपनी डायरी में कुछ लिखे और हम परीक्षा देने चले गए।

परिक्षा खत्म हुआ। हम दोनों का परीक्षा बहुत अच्छा गया था। हम दोनों आज की परीक्षा से सहमत थे। खुश थे। मैं हमेशा की तरह आज़ भी कुछ ज्यादा ही खुश था, पहला प्रयास था शायद इसलिए भी।

परिक्षा देने के बाद हम दोनों हर विद्यार्थियों की तरह परिणाम का इंतज़ार करने लगे।

हम समय को कितना भी घड़ियों में रोक लें लेकिन वास्तव में उसका रुकना असंभव है।

हम परिणाम का इंतज़ार कर रहे थे और परिणाम मानो ये कह रहा हो कि -

'तुम, क्या जानोगे मुझे?

मैं खुद से भी अंजान हूं।'

हमारे परिणाम का इंतजार जारी रहा...

×××

मैं और प्रकाश दोनों कमरे में बातें कर रहे थे। मैं फ़ोन चला रहा था और प्रकाश अपना कुछ काम कर रहा था। प्रकाश के घर से बार - बार फोन आ रहा था। मैं प्रकाश को आवाज़ देते हुए बोला,

प्रकाश घर से फ़ोन आ रहा है।

वो दूर थे इसलिए मुझसे फ़ोन उठाने के लिए बोले, मैं फ़ोन उठाया दूसरी तरफ़ से माधव बोलने लगा, मैं उसकी बातें सुन रहा था, मुझे अचानक से मानो कोई करंट लगा हो और फ़ोन मेरे हांथ से नीचे गिर गया।

'एक किसान और मर गया

इसे आत्महत्या कहना,

अपमान होगा।

मरने के समय,

वह बैंक का दरवाज़ा खटखटा रहा था।'

किसी की लिखी ये पंक्तियां आज़ सच साबित हो रही थी, मैं सदमें भरी लहज़े में प्रकाश को आवाज़ दिया और प्रकाश मेरी बातें सुनते ही भागता हुआ मेरे पास आया और हैरानी से पूछा,

क्या हुआ?

कोई दिक्कत?

सब ठीक तो है?

मेरी ज़ुबान मानो सिल गई हो।

मैं लड़खड़ाते हुए आवाज़ में बोला,

प्र, प्रकाश यार,

वो, वो पापा

प्रकाश - क्या हुआ उनको?

बोलो, क्या हुआ? सब ठीक तो है न घर पर?

फ़ोन कौन किया था?

बोलो,

कौन किया था?

मैं - वो, वो माधव,

प्रकाश - क्या हुआ माधव को?

मैं - वो, बोल रहा था,

प्रकाश - क्या बोल रहा था?

बोलो,

क्या बोल रहा था माधव?

मैं - माधव, माधव बोल रहा था कि,

कि पापा को दिल का दौरा आया है।

मेरी बातें सुनकर प्रकाश भी पसीने से भीग गया था। मैं जल्दी से रोहन को फ़ोन किया और सब कुछ बता दिया।

रोहन भी जैसे ही मेरी बातें सुना वो हाल का हाल उसी हालत में फ्लैट आ गया।

रोहन के आते ही हम प्रकाश के गांव जाने की तैयारी करने लगे। जल्दी - जल्दी थोड़े बहुत कपड़े बैग में भरे और गांव जाने के लिए हम तीनों वहां से निकल पड़े।

बस अड्डा पहुंचे ही थे की प्रकाश के फ़ोन पर माधव फिर फ़ोन किया और बोला,

भईया पापा अब ठीक हैं। आप लोग परेशान मत होइएगा। पापा को अब काफ़ी हद तक आराम है। हम सही समय पर पापा को लेकर अस्पताल पहुंच गए थे।

माधव की बातें सुनकर हम सब को थोड़ा बहुत सुकून सा मिल गया था। हम जाएं या न जाएं ये सोचने लगे क्योंकि हमारा परिणाम भी आने वाला था। एक बार हमारा दिल मान जाता हम वापस फ्लैट चले जाते लेकिन प्रकाश का दिल, वापस जाने की अनुमति देता, असंभव।

कुछ देर सोचने के बाद ये निर्णय लिया गया की हम गांव जाएंगे।

23.

प्रकाश की डायरी से,

कमरा मिलने के बाद रोहन ने मुझे वहां शिफ्ट करवाया और उसके बाद वापस घर चले गए थे। मैं अभी तक रोहन और मां के साथ था इसलिए वहां मुझे सब आसान लग रहा था जोकि अब नहीं था। रोहन और मां से बीच - बीच मेरी बातें होती रहती थी जिसकी वज़ह से मुझे ज्यादा तकलीफें नहीं उठानी पड़ीं। मेरे ऊपर कोई तकलीफ़ आए उसके पहले ही मेरा भाई (रोहन) ढाल बनकर खड़ा मिलता था।

मुझे लग रहा था, मैं ट्यूशन पढ़ा कर खर्च निकाल लूंगा पर इतनी जल्दी ये संभव नहीं था क्योंकि कोई मां - बाप अपने बच्चों का भविष्य किसी नए अध्यापक को नहीं देना चाहता था। जो की सही भी था।

मैं कई जगह प्रयास किया, पर ट्यूशन के लिए बच्चों को पकड़ना असंभव था। अंत में मैं हार कर एक नौकरी ढूंढने लगा।

कुछ दिनों बाद मुझे एक संस्था में पढ़ाने का मौका मिल गया था, मैं वहां पर पढ़ाने लगा उसके अगले महीने मेरी तनख्वाह आयी, मेरी जिंदगी की ये पहली तनख्वाह थी। मैं बहुत खुश था, उस वक्त मेरी खुशी का कोई ठिकाना ही नहीं था। मैं सबसे पहले मां (रोहन की मां) को फ़ोन करके पहली तनख्वाह के बारे में बताया फिर गांव में मम्मी को फ़ोन किया। दोनों जगह खुशियों का माहौल था। सभी लोग बहुत खुश थे।

खुश होना जायज़ भी था क्योंकि किसी के भाई का और किसी के बेटे की पहली तनख्वाह थी जो आया था। तनख्वाह का रकम भले ही कम था लेकिन उसकी कीमत अमूल्य थी।

मैं अपने इन हाथों में जीवन की पहली तनख्वाह देखी थी जिसे देखने के बाद मुझे कुछ अलग ही खुशी मिली थी। आज़ की ये खुशी मेरे लिए अनोखी थी इसलिए मैं इस अनोखी खुशी को अपनों के साथ बांटना चाहता था। मुझे आज़ घर की बहुत याद आ रही थी। मैं

सोच ही रहा था की काश आज़ मैं घर पर होता तो आज़ की इस अमूल्य खुशी को अपनों के साथ बांटने में सफ़ल होता।

पहली तनख्वाह और अपनों की यादें मुझे दुविधा में डाल रही थी और मेरे दिमाग में कई विचारें भी चल रही थी।

जैसे - आज़ अगर मैं घर पर होता तो लोग कितने खुश होते, मम्मी - पापा कितने खुश होते, माधव भी बहुत खुश होता और इशिका तो खुशी के मारे पागल ही हो जाती। मैं पापा को जब अपना तनख्वाह देता तो वो खुशी के मारे जल्दी से मम्मी को आवाज़ देते, मम्मी दौड़ती हुई आती और फिर पापा मेरी तनख्वाह मम्मी के सामने गिनने लगते।

ओय होय, मज़ा ही आ जाता।

सपने और हकीकत में अंतर होता है। मैं जो ख़्वाब देख रहा था वो इस वक्त असंभव था लेकिन भावनाएं नहीं। मैं सोच ही रहा था तभी मुझे मां की याद आई। मैं मम्मी (गांव) के पास नहीं जा सकता था लेकिन मां (शहर) के पास तो जा ही सकता था।

देखते ही देखते कुछ ही देर में, मैं मां के पास पहुंच गया और मैं अपनी पहली तनख्वाह उनकी हाथों में देते हुए बोला, ये रही आपके बेटे की पहली कमाई। मां की हाथों ने बेटे की तनख्वाह जैसे ही पकड़े, आंख बहने लगी। आज़ मां का चेहरा, रोहन का चेहरा कुछ अलग ही चमक रहा था। मेरे जीवन की पहली तनख्वाह होने की वजह से मां सबसे पहले इन पैसों से भगवान को प्रसाद चढ़ाई और बाकी पैसा मुझे जबरदस्ती वापस कर दी।

मैं बोला, रख लीजिए आपके बेटे का ही है। मेहनत से कमाया है आपका छोटा बेटा, मां का जवाब आया, मेरे पास मेरे दो बेटे हैं, भगवान मुझे पहले ही दो खज़ाना दे दिए हैं और इससे ज्यादा मुझे अब कुछ नहीं चाहिए। मेरी सफ़लता - असफ़लता, दुःख - दर्द, गलत - सही, धन - दौलत, रूपया - पैसा, कमज़ोरी - ताकत जो कुछ भी है सबकुछ तुम्हीं दोनों हो और इससे ज्यादा मुझे कुछ नहीं चाहिए।

एक बार मेरे दिल में आया की मैं मां से पूछ लूं की आख़िर मुझे इतना क्यों मानती हैं लेकिन ये सवाल फिर से मेरे अंदर ही दब कर रह गया।

×××

कई महीने बीत चुके थे, मुझे कहीं से कोई उम्मीद नहीं दिख रहा था, मैंने रोहन को भी पैसा भेजने से मना कर दिया था।

इस बात को लेकर मां नाराज़ भी हो गई थी इसलिए मैं जब मां से फोन पर बात कर रहा था तब वो मुझसे पूछने लगी।

ये बताओ, तुम पैसे लेने से क्यों मना कर दिए थे। कहीं नौकरी लग गई है क्या तुम्हारी?

मैं - जी मां, रोहन को बताया तो था।

मां - पर मुझे क्यों नहीं बताया?

मैं - सॉरी यार, माफ़ कर दो, अगली बार ऐसी गलती नहीं करूंगा।

मां - हां, अब आगे से कोई गलती नहीं होनी चाहिए।

मैं - ठीक है मां

मां - खर्चा तो पूरा हो जाता है न?

मैं - हां और बच भी जाता है थोड़ा बहुत

मां - जो बचता है उसे घर भेज दिया करो जिससे वहां का भी खर्च चलता रहेगा। और तुम्हारे पापा को ताकत भी मिलेगा।

मैं - जी बिल्कुल, जैसा आप कहें, कहते हुए फ़ोन रख दिया।

मुझे मालूम था की झूठ बोलना सही नहीं है फिर भी मैं लगातार झूठ बोलते हुए अपने ही बिछाए हुए जाल में फंसता चला जा रहा था।

दरअसल, अभी तक मेरा सबकुछ सही चल रहा था, तनख्वाह भी समय से आ रहा था लेकिन संस्था वाले जो बैच मुझे पढ़ाने के लिए दिए थे उसका समय पूरा हो गया था इसलिए उन्होंने मुझे दूसरा विषय पढ़ाने को दिया मैं उसे भी पढ़ाकर समय से खत्म कर दिया था। फिर मेरे जीवन में नया विषय, नया विषय चलने लगा, मैं बच्चों को एक घंटा पढ़ाने के लिए खुद से कई घंटे पढ़ता था। जब तक मैं खुद से सहमत नहीं होता था तब तक मैं उस विषय को कक्षा में नहीं पढ़ाता था।

सब कुछ सही चल रहा था, खुद भी पढ़ता था, बच्चों को भी पढ़ाता था, खुद का खर्च भी चलाता था। संस्था में जब मेरे सारे बैचेज खत्म हो गए तब संस्था से मुझे एक मेल

आया जिसमें कुछ इस प्रकार लिखा था।

डियर प्रकाश,

योर ऑल बैचेज हैज बीन फिनिश्ड नाउ, वी विल इन्फॉर्म यू वेन न्यू बैच विल स्टार्ट,

योर सैलरी विल बी ट्रांसफर्ड सून इन योर बैंक अकाउंट,

थैंक यू फॉर योर वैल्युएबल सपोर्ट,

थैंक यू,

मैं मेल का ज़वाब देने के बाद बकाए तनख्वाह का और नए बैच का इंतजार करने लगा लेकिन कई महीने बीत जाने के बाद भी उधर से न तो कोई तनख्वाह आया और न ही नए बैच से जुड़ी हुई कोई जानकारी।

जब कई महीने होने के बाद भी मुझे कोई जवाब नहीं आया तो मैं दूसरी संस्था पढ़ाने के लिए पकड़ लिया और पहली संस्था में तनख्वाह संबंधित संदेश भेजता रहा।

संस्था वाले तनख्वाह को लेकर आज़ भेज देंगे, कल भेज देंगे, इसी सप्ताह भेज देंगे करके करीब 6 महीने बिता दिए थे लेकिन अभी तक न तो पढ़ाने से संबंधित, नए बैच से संबंधित कोई ज़वाब आया था और न ही बकाया तनख्वाह।

मैं जीवन यापन के लिए और अपना थोड़ा बहुत खर्च निकालने के लिए दूसरा संस्था भले ही पकड़ लिया था लेकिन इसकी भी हाल ठीक पहली वाली संस्था जैसी रही, जिसकी वजह से मुझे इस संस्था को भी छोड़ना पड़ गया था।

24.

हम जैसे ही गांव में अपना कदम रखे, देखा की गांव के कुछ लोग अपने - अपने कामों में व्यस्त थे, कुछ टहल रहे थे और कुछ लोग पापा (सुक्खू) को देखने के लिए प्रकाश के घर जा रहे थे आ रहे थे। गांव देख कर वहां के लोगों को देख कर वहां की सुंदरता को देख कर मैं एकदम से प्रफुल्लित हो गया था। चिड़ियों की चहचहाहट, प्रकृति से निकलती मध्यम - मध्यम आवाज़ें जो मुझे अपनी ओर खींच रही थी।

हम लोग भी गांव पहुंचते ही गांव की सुंदरता में, वहां के लोगों की प्रसन्नता में, वहां की शीतल हवाओं में और गांव की सौंधी खुशबू में पूरी तरह से खो गए थे।

अब हमें घर पहुंचने में महज़ कुछ मिनटों का ही समय लगने वाला था। धीरे - धीरे वो समय भी समाप्ति की ओर था इसलिए कुछ कदम चलते ही हम तीनों घर के सामने पहुंच गए। माधव हमें देखते ही भईया आ गए, भईया आ गए, मम्मी, देखो कौन आया है? चिल्लाते हुए घर के अंदर भागा, सभी लोग धीरे - धीरे बाहर निकले, उन आते चेहरों को देख कर, उन्हें देख कर, उनकी मुस्कानों को देख कर दिल मानो रोना चाह रहा था।

मम्मी भागते आई और मेरा बच्चा, मेरा बच्चा कहते हुए हमें गले लगाने लगी। पापा बेचारे इधर - उधर भटकते हुए अपने आंसू छिपा रहे थे। बच्चों के प्रति प्यार इतना की आंखें भी पानी निकालने को मजबूर थी और बापत्व इतना की उन आंखों से बहती हुई नदियों को सुखाने की कोशिश किया जा रहा था।

हम पापा के मुंह से आवाज़ सुनने को व्याकुल हो रहे थे और वो एक जगह खड़े सब देख रहे थे। कुछ समय बाद पापा की आवाज़ आखिरकार सुनाई ही पड़ गई। पगला ये लोग इतने दूर से आए हैं इन्हें कुछ खिलाओगी - पिलाओगी या फिर बाहर ही रखोगी।

मम्मी बोली, हे भगवान मैं तो भूल ही गई थी की मेरे बच्चे भूखे होंगे, चलो सब लोग आओ जल्दी, आओ बैठो। मैं जब प्रकाश का परिवार देखा, रोहन का परिवार देखा तो मुझे लगा की कितने खुशनसीब हैं ये दोनों की इतने अच्छे मां - बाप मिले हैं।

हर घर के छोटे बच्चे का जन्मसिद्ध अधिकार की तरह जन्मसिद्ध कर्तव्य होता है की वो आए हुए मेहमानों की सेवा पानी कराए, सामान लाए और बड़े भाई की तरह सारी जिम्मेदारियां निभाएं। मैं जहां भी देखा हूं यही देखा की छोटा भाई बड़े भाई का रोल भी निभाता है और वही नसमझ भी होता है।

'शौक उनके कम हो जाते हैं,

जो बचपन से जिम्मेदार होते हैं।'

माधव को देखकर मुझे यही लग रहा था। मैं लोगों को कहता सुना हूं की छोटे बच्चे कितने भी बड़े हो जाएं लेकिन वो इतने बड़े कभी नहीं होंगे जिससे उनका बचपना चला जाए। मैं माधव को एकटक देख रहा था, मेरी नज़रें उसी पर टिकी थी। मैं उसे सिर्फ़ इसलिए देख रहा था की शायद बचपना, नसमझ, पागलपन, जिद्द दिख ही जाए लेकिन ऐसा नहीं हुआ। आज़ हम सब इशिका को बहुत याद कर रहे थे क्योंकि वो अपने ससुराल में थी। हमने बात करने के लिए उसे फ़ोन किया और वो हमें देखते ही अचानक से चौंक गई। हर बहन की तरह वो भी अपने तीनों भाइयों से मिलने के लिए परेशान थी। बहनें अंदर से कितनी भी मज़बूत क्यों न हों लेकिन भाइयों को लेकर कमज़ोर ही मिलती हैं।

इशिका रोते हुए गुस्से में बोली,

प्रकाश नहीं आ रहे हैं मुझसे मिलने तो क्या तुम दोनों भी नहीं आ सकते हो।

रोते हुए बोली,

तुम लोग भी बिलकुल पापा की तरह ही निकले। जब से मेरी शादी हुई है तब से महीना तो छोड़ो सालों में भी मुझसे मिलने नहीं आए। मैं जिंदा हूं, नहीं हूं किसी से कोई मतलब नहीं है। कुछ खाई, नहीं खाई, किसी प्रकार की कोई परेशानी, तकलीफें तो नहीं हैं कोई एक बार भी नहीं पूछता, दरअसल किसी को मुझसे मतलब ही नहीं है, बेटी नाम से ही सब भागते हैं। जो बच्चियां बचपन में नहीं मरती हैं उन्हें शादी के बाद दूरियां बना कर मार देते हैं और पूछते हैं बेटा तुम उदास क्यों हो, परेशान क्यों हो?

कुछ देर बाद..

जब अपने ही नहीं आते हैं मुझसे मिलने तो तुम लोगों की क्या ही गलती है ? मैं तो

सिर्फ़ एक बोझ थी जोकि शादी करके सभी लोग उतार दिए। अब उन्हें हल्का महसूस हो रहा होगा। इशिका की नाराज़गी हम इन पंक्तियों से समझ सकते हैं की वो आखिरकार कहना क्या चाहती थी, वो इस घर के बारे में सोचती क्या थी? मैं उसकी नाराज़गी, खुशियां, दुःख, तकलीफें, परेशानियां, उम्मीदें, वो सारी चीज़ें, बातें इन्हीं पंक्तियों में पिरोने की कोशिश किया हूं।

मैं नहीं खेलूंगी खिलौनों के साथ, पैसे नहीं होंगे,
बहुत काम करते हैं पापा मेरे, थक गए होंगे।

आज़ गए हैं बाज़ार पापा, शायद कुछ काम होगा,
मैं खूब पढूंगी मेहनत कर, मेरे पापा का नाम होगा।

कितनी सारी परेशानियां हैं, मेरे पापा के हिस्से में,
मुझ जैसी बेटी भी जुड़ गई, अब उनकी किस्से में।

अब मैं बड़ी भी हो गई हूं, बहुत तनाव होता होगा,
कष्ट, व्यथा, वेदना, पीड़ा, जाने क्या होता होगा?

कल मेरी शादी है, मेरे पापा, बहुत याद करेंगे,
कुछ भी हो जाए चाहे, मेरे पापा मुझे न भूलेंगे।

मैं तो खुश थी बहुत, कि, मेरे पापा साथ खड़े होंगे,
अपने पोते को एक झलक देखने, नंगे पैर चले होंगे।

पापा बहुत पीड़ा है इस घर में, एक बार आ जाओ न,
बचपन में तो पूरी की थी जिद्द मेरी, फिर कर जाओ न।

आपने सबकुछ दिया था मुझे उस अनजानी दुनिया में,
आज़ जरूरत है आपकी, एक बार गले लगाओ न।

आप पहले वाले पापा नहीं रहे, कुछ हुआ है क्या?,
अब, आप भी मुझे भूल गए, बदल गए हो क्या?

ये पंक्तियां इशिका की तरह उन तमाम बेटियों की तकलीफें हैं, दर्द है, मुसीबतें हैं, उनकी परेशानियां हैं जिनके साथ ऐसा होता है। हमारा कर्तव्य सिर्फ़ बेटियों को बड़ा करना ही नहीं है बल्कि हमारी ये भी जिम्मेदारी होती है की जिस बेटी को हम सालों खिलाएं - पिलाएं, पाले -पोसे, बड़ा किए, उसे किसी दूसरे के घर हम, महज़ एक शख्स के भरोसे छोड़ देते हैं। वो भी ऐसा शख्स जिसे 'किसी की घर की बेटी सिर्फ़ उस अकेले शख्स के भरोसे गई है' छोड़कर बाकी सब पता होता है।

असल मायनो में बेटियों की जिम्मेदारियां न तो शादी के पहले खत्म होती है और न ही बाद में। हम जैसे शादी के पहले उनको खुश रखते हैं। उनकी सारी बातें मानते हैं। ठीक उसी प्रकार शादी के बाद भी हाल चाल वाला देखभाल नहीं बल्कि सच वाली कोशिश तो करनी ही चाहिए। बेटियों की विदाई होते वक्त हम कुछ बोलें या नहीं पर एक बार ये तो बोलना ही चाहिए कि बेटा आज़ मैं तुमको भले ही इस घर से विदा कर रहा हूं लेकिन तुम ये मत सोचना की अब इस घर के दरवाज़े तुम्हारे लिए बंद हो गए हैं। इस घर के दरवाज़े हमेशा तुम्हारे लिए खुले थे। खुले हैं। खुले रहेंगे। जब भी तुमको किसी भी तरह की कोई दिक्कत हो, परेशानी हो, तकलीफें हों, तुम्हारा अपमान हो, तुमको कोई अपशब्द बोले, उस वक्त तुम बिना सोचे इस छोटे से घर में वापस आ जाना।

ये तुम्हारा ही घर है।

ये तुम्हारा परिवार है।

ये महल तुम्हारा कर्जदार है।

इसके दरवाजे तुम्हारे लिए हमेशा खुले रहेंगे।

25.

प्रकाश की डायरी से,

मैं सो ही रहा था की मुझे सरिता मां का फ़ोन आया। मेरे फोन उठाते ही वो मुझे जोरों से डांटते हुए बोली,

कहां पर हो तुम?

जितनी जल्दी हो सके मेरे पास आओ।

मां की बातें सुनकर मुझे डर सा लगने लगा था। आज़ मैं फिर से सवालों के घेरे में फंस रहा था। आज़ पुनः मेरे दिमाग में कई सवाल घूम रहे थे पर उनके जवाब सिर्फ़ मां के पास ही थे।

मैं जल्दी से उठा, तैयार हुआ और वहां जाने के लिए कमरे से निकल पड़ा। कुछ देर बाद जब मैं मां के पास पहुंचा तो देखा, रोहन और मां दोनों लोग बिलकुल शांत बैठे हुए थे।

मैं मां की ओर देखा, वो मुझे गुस्से में देख रही थी रोहन भी आज़ पूरी तरह से शांत बैठे हुए थे। इतना शांत, इतनी गुस्से में मैं उन्हें पहले कभी नहीं देखा था इसलिए मेरे शरीर को मेरा डर अपने काबू में कर लिया।

'भले ही मेरे पास बहुत सारे रिश्ते या रिश्तेदार नहीं हैं,

पर जो भी हैं, उन्हें दिल से निभाने की कोशिश करता हूं।'

मैं मां के बोलने का इंतज़ार कर रहा था। कभी मां को देख रहा था तो कभी रोहन को, वो जितना चुप थे मैं उतना ही परेशान। कुछ समय बाद मां चुप्पी तोड़ते हुए बोली,

ये सब क्या चल रहा है?

बोलो,

आवाज़ सुनाई पड़ रही है मेरी या नहीं,

बोलो,

चुप क्यों बैठे हो?

मां एक के बाद एक सवाल पूछे जा रही थी और मुझे कुछ समझ ही नहीं आ रहा था की आखिर हो क्या रहा है?

मैं कुछ देर बाद रोहन को देखते हुए बोला,

क्या हुआ?

कोई दिक्कत?

आख़िर चल क्या रहा है?

कोई मुझे कुछ बतायेगा या नहीं

थोड़े गुस्से में,

रोहन जवाब देते हुए बोले,

मुझसे क्यों पूछ रहे हो?

तुम बताओ न,

मैं,

रोहन - हां तुम,

रोहन जैसे ही मेरा नाम लिया मैं और परेशान हो गया मुझे लगा की पक्का आज़ इन्हें या तो मुझे लेकर कोई गलतफहमी हो गई है या फिर मेरी कही कोई बात इन्हें बुरी लग गई है।

कुछ देर बाद मां फिर से बोली,

जब तुमको हम तुम्हारा सारा खर्च दे रहे थे, तब तो तुम हमें मना कर दिए, नहीं मुझे नहीं चाहिए, मेरा खर्च निकल आता है, मैं कमा लेता हूं, वगैरह - वगैरह।

जब तुम खुद इतना कमा लेते थे तो अब ये सब क्या कर रहे हो तुम?

मैं,

हां तुम,

मैं - आख़िर आजकल मैं ऐसा क्या कर रहा हूं?

कोई मुझे खुल कर कुछ बताएगा।

आख़िर चल क्या रहा है?

यहां पर,

गुस्से में हमारी आवाज़ तेज़ हो जाती है इसलिए मैं समझ गया था की अब मुझे गुस्सा आ रहा है।

मां - जब तुम्हारी नौकरी छूट गई थी तो हमें बताना चाहिए था न, ज़रूरी है की तुम ये सब करते।

मैं - ऐसा क्या कर दिया हूं मां (हैरानी से)

मां - बस यही देखना बचा था की हमारे जिंदा रहते तुम किसी 'बार' में नौकरी करो (गुस्से में) बाकी सब तो तुम पहले ही कर लिए थे। बस यही बचा था और अब इसे भी कर लिए।

मैं मां की इन बातों को सुनकर हैरान हो गया था क्योंकि इसके बारे में (की मैं 'बार'में नौकरी करता हूं) तो मैं किसी को बताया भी नहीं था तो इनको कैसे पता चल गया?

मैं - क्या मां आप भी,

क्या बोल रही हो आप?

आखिर मैं ये सब क्यों करूंगा,

मैं रोहन से बोला,

यार तुम मां को समझोगे, फालतू में परेशान हो रही हैं और पागलों जैसी हरकतें कर रही हैं।

रोहन - पागल वो नहीं तुम हो गए हो, अब ज्यादा झूठ न बोलो मैं खुद 'बार' पर सब देख लिया हूं आज़। मैं तुमको ऑर्डर सर्व करते हुए भी देखा हूं और टेबल्स पर पोछा मारते हुए भी।

कुछ देर बाद मां शब्दों की जगह आग निकालते हुए बोलीं,

चलो ठीक है, मैं तुम्हारी मां नहीं हूं, ये तुम्हारा भाई नहीं है लेकिन आज़ की ये कहानी अगर मोहिनी, माधव, इशिका और पापा को पता चलता तो। कभी सोचा है की उनके ऊपर क्या बीतता? गांव, समाज के लोग अगर जानते की उनका बेटा, सुक्खू का बेटा

शहर पढ़ने नहीं वहां टेबल साफ़ करने गया है तब उनके ऊपर क्या गुजरती?

कुछ समय ठहरते हुए मां ताने भरे शब्दों से दोबारा मुझे भेदने लगीं। ख़ैर छोड़ो, हम कौन होते हैं तुमको रोकने वाले, तुमसे क्या मतलब इन बातों से? तुम्हें कौन सा फ़र्क पड़ने वाला है भाई? तुम कमाने जो लगे हो अब।

थोड़े समय बाद मां फिर बोली,

घर पर बात हुई या नहीं तुम्हारी क्योंकि अब तो तुम व्यस्त रहने लगे हो,

हां मां, हो गई है

मां की ममता और ताने भरे शब्दों के बीच अभी तक जो जंग चल रही थी उसमें मां की ममता जीत रही थी। तानें जख्म भर रहे थे और मेरा लिया गया निर्णय मुझे पराजित कर रहा था।

कुछ देर रुकने के बाद मां पुनः बोली, इशिका की शादी को लेकर ही बात हुई थी या कुछ और, क्योंकि अब तुमको कोई भी बात आसानी से समझ आए मुश्किल है। एक बार प्रकाश होता तो शायद समझ भी जाता लेकिन अब तो तुम प्रकाश से प्रकाश सर हो गए हो।

मैं- क्या मां, अब बस भी करो, या फ़िर आज़ ताने ही मारोगी। चलो अच्छा खाना दो। मुझे बहुत ज़ोर की भूख भी लगी है उतनी देर से आप खाने की जगह सिर्फ़ ताने ही दे रही हो।

मेरी बातों को सुनकर मां मुस्कुराने लगी और कुछ पलों में ही सारी निराशाएं खत्म हो गई थी। सभी चेहरे दोबारा खुशनुमा हो गए थे।

इशिका की शादी की जिक्र करते हुए उसकी तैयारियों की योजनाएं बनाते हुए सारी बातें इस बात पर आकार खत्म हुई की आगे से ऐसी गलती मत करना और जब तक तुमको नौकरी नहीं लगती है तब तक तुम सिर्फ़ पढ़ाई करोगे।

मैं अच्छा ठीक है बोलते हुए बातों को वहीं विराम दिया।

बीते कुछ महीनों की बात थी जब मैं दुसरे संस्थान में भी नौकरी छोड़ दी थी। रोहन को पैसे भेजने से भी मना कर दिया था। जिसकी वजह से मेरे सभी रास्ते बंद हो गए थे और मैं

अकेला इधर - उधर भटकने लगा था।

अब मेरे पास कोई रास्ता नहीं था जिससे मेरा खर्च आता। पैसों की तंगी मेरे जीवन में मानो अपना घर बना कर रहने लगी हों, जिसकी वजह से मुझे महीने गुजारने मुश्किल होने लगे थे।

उस वक्त मुझे कुछ भी नहीं सूझ रहा था कि

मुझे क्या करना है?

कैसे करना है?

कब होगा?

कैसे होगा?

मैं कमरे में परेशान हो रहा था नकारात्मक हो रहा था जिसकी वजह से आज़ मुझे कुछ करने का मन भी नहीं हो रहा था इसलिए मैं कानों में ईयर फ़ोन लगाकर अंजान रास्तों पर चलने का निर्णय लिया और कुछ समय बीतते ही मेरे कदम खुद ब खुद एक रास्ते पर चल दिए जहां सबकुछ होने के बावजूद भी कुछ न होने की संकेत दे रहा था।

अभी तक मुझे लग रहा था की सिर्फ़ मैं ही परेशान हूं। मेरे यहां ही इतनी मुसीबतें हैं पर जब बाहर निकला तो सारी गलतफहमियां एक - एक करके खत्म होने लगीं।

मुझे हमेशा एक सवाल बहुत परेशान करता था। मैं इस सवाल का जवाब हर जगह ढूंढने का प्रयास करता था। आज़ भी मैं इसी मकसद से सवालों के ज़वाब ढूंढने कमरे से बाहर निकल पड़ा।

सवाल - इंसान को या किसी बच्चे को उसकी गरीबी कब महसूस होती है?

इसका एक जवाब तो मेरे पास था लेकिन बहुत अच्छा जवाब ढूंढने के उद्देश्य से मैं सड़कों पर निकल पड़ा था।

मेरा जवाब - मैं इस सवाल का जवाब एक बच्चे को केंद्र में रखकर समझाने की प्रयास करता हूं। ' आप किसी छोटे बच्चे को चार दिवारी के अंदर कैद कर के रख दें, आप अगर उसे समय - समय पर नमक - रोटी भी खाने को देंगे तब भी वो खुश रहेगा बशर्ते आप उसे समाज से छिपा कर रखें और घर के बाहर वो किसी और से या फिर किसी दूसरे बच्चे से

न मिलने पाए।'

जब तक वो बच्चा अकेला रहेगा, नमक रोटी भी खाएगा, या सिर्फ़ रोटी भी खाएगा तब भी वो आपसे कोई शिकायत नहीं करेगा उसे लगेगा की मैं दुनिया में सबसे अमीर हूं लेकिन जिस दिन वो किसी बच्चे को उससे थोड़ा अच्छा खाते देख लेगा, पीते देख लेगा या थोड़ा सा उससे अच्छा किसी को कुछ पहने देख लेगा उस दिन उसे लगेगा की मैं गरीब हूं और मुझसे भी अमीर लोग इस दुनिया में पहले से ही मौजूद हैं।

ठीक इस प्रकार हमारा संघर्ष भी हमें तब तक नहीं पता चलता जब तक हम खुद से थोड़ा ज्यादा अच्छा खाने वाले को, पहनने वाले को, कमाने वाले को, पढ़ने वाले को नहीं देखते।

बस यही कारण है की जब तक हम दुनिया से अंजान रहते हैं। तब तक हमें हमारे ज्ञान के बारे में पता ही नहीं चलता है। हमें हमारी वास्तविक औकात तब तक नहीं पता चलती है जब तक हम किसी दूसरे से मिलते नही हैं, उसे देखते नहीं हैं या यूं कहें की जब तक हम किसी दूसरे से खुद की सकारात्मक तुलना नहीं करते हैं।

खुद को अकेला रखकर तो सभी खुद को ताकतवर, समझदार, बुद्धिमान, ज्ञानवान समझते हैं पर हमारी वास्तविक हकीकतें ही हमारी औकात को आईना व दर्पण दिखाती हैं।

26.

आज़ हमारे लिए वो दिन था जिस दिन हमें गांव छोड़कर शहर उसे पूरा करने जाना था जिसे हम अधूरा छोड़ कर पापा (सुक्खू दादा) को देखने आए थे। हम सभी घर पर सबसे मिलने के बाद इशिका के ससुराल उससे मिलने के लिए चल पड़े।

उस दिन इशिका से बात करने के बाद हमें ये समझ आ गया था की अगर हम बिना उससे मिले शहर वापस चले गए होते तो पक्का वो हमारी जान ले लेती। दोपहर का वक्त था हम बिना इशिका को बताए उसके ससुराल पहुंच गए। वो अपने परिवार के साथ मिलकर कुछ काम कर रही थी। उस वक्त वो इतनी काम में लीन थी की उसकी नजरें हमारी ओर आ ही नही रही थी। वो अपने काम में इतनी मगन थी और उसे इतनी ध्यान से कर रही थी की मुझे एक पल को ये अहसास हुआ की काश इतना ध्यान मैं पढ़ाई पर लगा लेता तो कब का अधिकारी बन जाता।

हम उसी के पीछे एक दम शांत होकर खड़े हुए थे। कुछ देर बाद वो पीछे पलटी लेकिन हम पर ध्यान न देकर उस काम में दोबारा लग गई थी। उसे देख कर ऐसा लगा जैसे वो अपने मायके वालों से उम्मीदें ही खत्म कर ली हो की वो लोग कभी हमारे ससुराल भी आएंगे।

वो हमें देखे, काम में लग जाए, देखे, काम में लग जाए, उस दिन वो हमारे साथ ऐसा बर्ताव कर रही थी जैसे हम उसके लिए कोई परछाईं हों, कोई ख़्वाब हों। कुछ मिनटों में जब उसे लगा की हम सच में आए हैं तो अचानक से रोने लगी।

आज़ की इस पगलिया को देख कर लग ही नहीं रहा था की उस दिन गुस्से वाली इशिका और आज़ की इशिका दोनों एक ही थी।

वो खुशी में इधर - उधर भाग रही थी, झट - पट खाने के लिए कुछ न कुछ नया बनाकर ला रही थी, मानो उसके दिमाग में बस यही था कि क्या पाऊं क्या बना कर अपने भाइयों को खिला दूं। मैं और रोहन आज़ बहन को देख कर बहुत खुश थे। इतना खुश की हम उसे

उसकी खुशियों को और हमारे प्रति उसके प्यार को शब्दों में नहीं बयां कर सकते हैं।

प्रकाश के प्रति और प्रकाश के साथ हम सबके प्रति उसके जो ताने भरे शब्द थे उसकी कुछ झलकियां हम 'भगवान जाने' कविता से समझ सकते हैं।

कविता की कुछ पंक्तियां...

एक दिन, एक पल में मिलने वाली लड़की दोस्त हो गई,
नौ महीने अपने पेट में पालने वाली मां कौन है?
भगवान जाने।

एक दिन के दिखावे, सजावे को तुम शादी बोलते हो,
जिंदगी भर उस कर्ज़ को चुकाने वाला इंसान कौन है?
भगवान जाने।

मॉर्निंग, नून, इवनिंग, नाईट को तुम संस्कार बोलते हो,
प्रणाम, नमस्कार, नमस्ते वो चरणस्पर्श वाला कौन है?
भगवान जाने।

हर पल हंसने, झुकाने वाले को तुम समाज कहते हो,
सताना, भड़काना, अरे इनका लेखाकार कौन है?
भगवान जाने।

कुछ भटकते रिश्तों को चुनना, तुम परिवार कहते हो,
मुसीबतों को सह, साथ निभाने वाला इंसान कौन है?
भगवान जाने।

तुम्हारा इश्क़, तुम्हारा प्यार, तुम्हारी जां, तुम्हारा संसार है,
पर, तुम्हारा इंतजार करने वाला वो इन्तज़ार कौन है?
भगवान जाने!

चंद लोग बुला, विदा कर देने को तुम विवाह कहते हो,
जिन्दगी भर उस कर्ज़ को चुकाने वाला इंसान कौन है?
भगवान जाने।

बर्गर, चाउमीन, मोमो, वालों को तुम पालनहार बोलते हो,
मेहनत कर, फसल उगाने वाला वो, किसान कौन है?
भगवान जाने।

बहन से बातें करने के बाद, उसकी कही बातें, उसके शब्द, उन सभी दर्दों को बयां कर रही थी लेकिन वो उन दो परिवारों की खोखली खुशियों के लिए अपने सारे दर्द छिपा रही थी।

जिंदगी की इस सफ़र को तय करने के बाद आखिरकार हम उन्हीं दीवारों के बीच फिर से पहुंच गए जहां से गांव की ओर चले थे।

1978 में आई डॉन फिल्म का ये गाना 'जिसका मुझे था इंतजार, जिसके लिए दिल था बेकरार, वो घड़ी आ गई, आ गई' आज हमें हमारी सच्चाई से रु बरु करा रही थी।

परिक्षा का परिणाम आ चुका था। वो परिणाम जिसका लाखों बच्चे इंतजार करते हैं, कर रहे थे, वो परिणाम जो लाखों बच्चों को ख़ारिज कर, हजारों को चुनता है।

परिणाम आने के बाद उतावले मन से हम परिणाम देखने लगे। मुझे खुद पर पहले से ही विश्वाश था की किसी का रहे या न रहे लेकिन मेरा नाम, मेरा रोल नंबर तो ज़रूर रहेगा। परिणाम का पीडीएफ डाउनलोड करने के बाद हम अपना भी परिणाम देखे।

आख़िरकार दोनों को निराशा मिली।

मैं अपना अनुक्रमांक और नाम पीडीएफ में खोजा, पीडीएफ जवाब में बोला 'नो मैच'।

आज़ मुझे उस दिन वाली अति विश्वाश पूरी तरह से डूबा दी थी। आज़ मुझे ये भी समझ आ गया था की स्कूल और कॉलेज के टॉपर का यहां दूर - दूर तक कोई रिश्ता नहीं था। स्कूल और कॉलेज के टॉपर से यहां जमीं - आसमां का अंतर था।

शायद उस टॉपर वाले अति विश्वाश में, मैं ये भूल गया था कि यहां के टॉपर में वहां के टॉपर में ठीक - ठाक अंतर होता है। मैं वहां एक राज्य के उन तमाम जिलों में एक जिला था जिसमें सैकड़ों स्कूल थे। मैं वहां का टॉपर था और यहां पूरे देश के राज्यों एवं केंद्रशासित प्रदेशों में वो सारे जिले, उन जिलों के सारे विद्यालयों और विद्यालयों से हर साल निकलते प्रथम श्रेणी विद्यार्थी (फर्स्ट प्लेस ऑफ द कॉलेज) के हजारों, लाखों टॉपरों से मुझे सामना करना था। बस इतनी सी गणित मुझे नहीं समझ आई थी।

कुछ देर बाद मैं प्रकाश का परिणाम देखा तो पीडीएफ बोला,

'मैच'

पर, प्रकाश की प्रतिक्रिया उसका उत्साह बिलकुल पहले जैसा ही था, एकदम सामान्य।

अब आप सोच रहे होंगे कि प्रारंभिक परीक्षा पास करना भी लाखों बच्चों का सपना होता है। खुश तो होना ही चाहिए था।

मैं बता दूं कि आप बिलकुल सही बोल रहे हैं। प्रारंभिक परीक्षा पास करना भी मेरे जैसे लाखों बच्चों का सपना होता है लेकिन प्रकाश उन लाखों बच्चों में न आकार चंद हज़ारों बच्चों में आता था।

अब आपके दिमाग में एक सवाल और गूंज रहा होगा,

कैसे?

प्रकाश से जब मैं उसके परीक्षा को लेकर पहली बार बात किया था तब वो बोला था। मुझे प्रारंभिक परीक्षा से कोई दिक्कत नहीं है वो तो हर बार निकल ही जाता है बल्कि मुझे मुख्य परीक्षा और साक्षात्कार (इंटरव्यू) में आकार दिक्कत होती है।

प्रकाश 'संघ लोक सेवा आयोग' द्वारा आयोजित परीक्षा (सिविल सेवा परीक्षा) में अभी तक तीन बार मुख्य परीक्षा लिखे चुके थे और दो बार साक्षात्कार दे चुके थे। वहीं 'राज्य लोक सेवा आयोग' परिक्षा में दो बार मुख्य परीक्षा लिख चुके थे।

27.

प्रकाश की डायरी से,

अभी तक घर की परिस्थितियां सही नहीं थी और इशिका की शादी भी तय हो गई थी इसलिए सभी लोग कुछ ज्यादा ही परेशान थे।

आज़ प्रिशा से मेरी बात हुई थी वो मुझसे अपना हाल, घर का हाल बताते वक्त रोने लगी थी। आज़ प्रिशा मुझसे मेरे अंतिम रूप से चयन के बारे में पूछ रही थी लेकिन उसके इस सवाल का मेरे पास कोई ज़वाब नहीं था। मैं कभी मुख्य परिक्षा में आकर असफल होता हूं तो कभी साक्षात्कार में। खुद को लेकर या किसी भी विद्यार्थी को लेकर असफल बोलना सही नहीं लगता है इसलिए इसे मैं 'कैरियर सेटबैक' कहूंगा।

प्रिशा अपने बारे में बात करने के बाद घर के बारे में भी बताई थी। उसकी बातों को सुनकर मुझे रोना आ रहा था। बहन की शादी को लेकर भी तनाव हो रहा था। आख़िर शादी - विवाह में कुछ तो पैसे लगते ही हैं, कुछ क्या बहुत लगता है लेकिन जिसमें जितनी हिम्मत।

किस पिता को, भाई को अच्छा लगता है जब उसकी जवान बेटी, जवान बहन घर पर बैठी हो। हर भाई की तरह मेरा भी सपना था की मैं अपनी बहन को ये दूंगा, वो दूंगा, वो सारी व्यवस्थाएं करूंगा जो बड़े लोगों के यहां होती है।

इशिका की शादी की तारीख़ नज़दीक आ गई थी और मेरा सपना - सपना बन कर ही रह गया था। एक तरफ़ मेरे वो सारे ख़्वाब, सारे सपने अधूरे रह गए थे वहीं दूसरी तरफ़ शादी की तैयारियां जोरों से चल रही थी। भले ही मेरे चेहरे पर उदासी रही होगी, पर उसकी चमकती आंखें मानो मुझसे कह रही थी कि -

'किसी उदास चेहरे पर खुशियां लाने का मूल्य,
किसी खुश चेहरे की तारीफों से कई गुना अधिक होता है।'

भगवंत अनमोल द्वारा लिखित पुस्तक 'ज़िंदगी 50 - 50' की ये पंक्तियां आज़ के इस

नज़ारे को हुबहू दर्शा रही थी।

इशिका हमेशा हेक्टर गर्सिया और फ्रांसिस मिरेलस द्वारा लिखित व प्रसाद ढापरे द्वारा अनुवादित पुस्तक 'इकिगाई 'में एक जापानी कहावत का जिक्र करती रहती थी।

'सौ वर्ष जीने की चाहत आप में तभी होगी

जब आपका हर पल सक्रियता से भरा हो।'

हम सब की दुनिया रंगीन एवं खुशहाल बनाने के लिए और मेरे घर में जन्म लेने के लिए शुक्रिया बहन। मैं जब भी अपनी बहन (इशिका) की जिक्र करता हूं या फिर उसे याद करता हूं तब मुझे महाकवि सूर्यकांत त्रिपाठी 'निराला' की रचना 'सरोज स्मृति' की वो पंक्तियां बहुत याद आती हैं जो अपने आप में संघर्षों को, तकलीफों को, वेदनाओं को दर्शाती हैं।'

दुःख ही जीवन की कथा रही,
क्या कहूं आज़ जो नहीं कही।
शुक्रिया...

×××

मैं पैदल टहलते और अपने सवालों का जवाब ढूंढते चला जा रहा था, तभी मेरी नज़र कुछ लोगों पर पड़ी, जो ठंड में ठिठुर रहे थे और फटा पुराना कंबल ओढ़े हुए थे। ठंड इतनी की बर्दास्त के बाहर थी। मैंने देखा कंबल कई जगहों से फटा हुआ था और कई लोग सड़क के किनारे ठंड में किसी तरह कंबलों को ओढ़े सो रहे थे। कंबल और इंसान को देखकर ये समझ नहीं आ रहा था की कंबल इंसान को ठंड से बचा रहा था या फिर इंसान अपनी गर्म सांसों से कंबल को।

मैं कई बार ट्रैफिक सिग्नलों पर छोटे - छोटे मासूम बच्चों को कलाकारी दिखाते हुए देखा हूं जिन्हें देख कर यही मन करता था की उन्हीं को देखते रहें। छोटे - छोटे मासूम से बच्चे जिन्हें शायद मालूम पड़ गया था की भूख बहुत ख़राब होती है। जो अच्छे से अच्छे

हुनरबाजों को सड़कों पर कलाकारी करने को, हुनरबाजी दिखाने को और उनकी बेसकीमती प्रतिभाओं का मुफ़्त में प्रदर्शित करने को मजबूर कर रही थी।

जीवन सबके लिए आसान नहीं होता है। मुझे लग रहा था की मैं ही परेशान हूं, मेरे साथ ही परेशानियां हैं, तकलीफें हैं, मुसीबतें हैं लेकिन जब से मैं बेघरों को भगाते देखा हूं, उन्हें धक्के मार के निकालते हुए देखा हूं ये गलतफहमी भी दूर हो गई थी और उन्हें देखकर मुझे, मेरी लिखी कुछ पंक्तियां याद आने लगी थी।

'आज़ बिना घर वाले भी घर से भगाए जा रहे थे,
मैं महसूस कर रहा था, कि मैं बचपन से अमीर हूं।'

28.

प्रकाश प्रारंभिक परीक्षा उत्तीर्ण करने के बाद हर बार की तरह इस बार भी मुख्य परीक्षा के लिए बेजोड़ मेहनत करने में लग गए थे। मैं असफलता का स्वाद चखा हुआ था इसलिए इस बार मैं भी अति विश्वाश की जगह आत्म विश्वास के साथ तैयारी कर रहा था।

प्रकाश इस प्रयास को अपना आखिरी प्रयास मानकर तैयारी करने में लगे हुए थे। उनका कहना था की जो गलतियां मैंने बीते हुए प्रयासों में किया है उन्हें इस प्रयास में दोहराना नहीं चाहता हूं।

इस वक्त प्रकाश को अगर कुछ दिख रहा था तो वो था मुख्य परीक्षा और उन परीक्षाओं की तारीखें। मुझे प्रकाश को पढ़ते देख कर, मेहनत करते देख कर कभी प्रेरणा मिल रहा था तो कभी हैरानी भी। प्रेरणा इसलिए की उसके अंदर अपने लक्ष्य को पाने के लिए एक अलग ही जज़्बा था और हैरानी इसलिए की वो बिना एक भी गलती किए अपनी लक्ष्य की ओर बढ़ता हुआ लगातार मेहनत कर रहा था।

मैं जब भी प्रकाश को देखूं वो मुझे कुछ न कुछ लिखते हुए ही मिलते थे। प्रकाश को मुख्य परीक्षा लिखना था इसलिए मेहनत करना और उत्तर लेखन करना जायज भी था।

दोपहर का समय था प्रकाश उत्तर लेखन करते - करते मानसिक और शारीरिक रूप से बहुत थक गए थे इसलिए वो मुझे चाय पीने को लेकर मैसेज किए।

चाय?

चलते हैं।

कुछ देर बाद हम दोनों एक पास की दुकान पर चाय पीने के लिए कमरे से निकल पड़े। आज़ मेरी और प्रकाश की बातें सिर्फ़ उत्तर लेखन को लेकर ही हो रही थी क्योंकि इस वक्त इस विषय पर बात करना बहुत ज़रूरी था। हम बातें करते हुए जा रहे थे की देखा, प्रकाश के घर से उनके पापा का कॉल आ रहा था, प्रकाश ने कॉल उठाया और बातें करने लगे।

प्रकाश पापा से बातें करते हुए अपनी हाथों की उंगलियों को देखे जा रहे थे। मुझे आज़ ये समझने में बिलकुल भी समय नहीं लगा था की प्रकाश पापा के किस सवाल का जवाब देने के लिए अपनी उंगलियां देखे थे।

प्रकाश की कुछ उंगलियां उत्तर लेखन की वजह से लाल पड़ गई थी मानो उनमें खून जम गया हो। कुछ उंगलियों में थोड़ी बहुत सूजन भी आ गई थी। प्रकाश जब पापा से बात कर रहे थे तब कई बार उसकी आंखों में आंसू आ गए थे जोकि इतनी मेहनत करने के बाद स्वाभाविक था। प्रकाश पापा से बात कर रहा था इसलिए मैं कॉल कटने का इंतजार करते हुए वहीं एक किनारे जाकर खड़ा हो गया था। कुछ देर बाद जब कॉल कटा तब मैं प्रकाश से उत्तर लेखन संबंधित कुछ सवाल - जवाब करने लगा।

हम प्रकाश चाय पीने के बाद कमरा वापस आ रहे थे तभी प्रकाश के फोन में मैसेज आया जोकि बैंक की तरफ़ से था। प्रकाश मैसेज पढ़ने के तुरंत बाद पापा को कॉल किया।

प्रकाश - पापा आप पैसे भेजवाए हो क्या?

पापा - हां,

(प्रकाश के पापा की बोली गई बातें मेरे शब्दो में यानी अभी)

पापा - बेटा तुम आराम से पढ़ाई करना किसी बात का कोई भी तनाव मत लेना। मुझे तुमसे कोई शिकायत नहीं है मुझे पता है की तुम बहुत मेहनत किए हो और कर भी रहे हो।

प्रकाश पापा की बातें सुनकर एक जगह खड़ा हो गया जिसे देखकर मैं भी रुक गया था।

पापा अपनी बातों को आगे बढ़ाते हुए..

बेटा तुम ये बिल्कुल भी मत सोचना की अगर तुम्हारी परीक्षा नहीं निकलेगी तो हम सब तुमसे नाराज़ हो जाएंगे। बेटा यहां ऐसा कुछ भी नहीं है जिसकी वजह से हम तुमसे नाराज़ होंगे। फिर कोई बाप अपने बेटे से सिर्फ़ एक नौकरी की वजह से क्यों नाराज़ होगा?

पापा की बातें सुनकर प्रकाश की आंखों से आंसू आने लगे थे जिसे देखकर मेरा चेहरा भी रोने जैसा हो गया था। प्रकाश बिना एक भी शब्द बोले बस पापा की बातें सुन रहे थे और मैं चुप चाप वहां खड़ा प्रकाश की ओर देखे जा रहा था।

पापा - देखो तुम्हारा बाप दिल का दौड़ा पड़ने के बाद भी तुम्हारे साथ कदम से कदम मिलाए खड़ा है। तुम पूरी ईमानदारी से पढ़ाई करो, जितनी तुमसे हो पाए उतनी पढ़ाई करो और किसी भी बात को लेकर परेशान न हो। मुझे पता है की मेरे बेटे ने बहुत मेहनत किया है। मेरे बेटे से जितनी मेहनत हो पाई है उसने उतना किया है। मेरा बेटा लाखों में नहीं करोड़ों में एक है।

बेटा तुम कभी निराश मत होना, सिर्फ़ एक नौकरी मेरे बेटे की काबिलियत को नहीं बयां कर सकती है। मेरा बेटा काबिल था, है और हमेशा रहेगा।

प्रकाश को पापा समझाने में लगे थे और प्रकाश के पास उन बातों का आज़ कोई ज़वाब नहीं था शिवाय सुनने के और आंसू बहाने के।

पापा - बेटा तुम्हारा चयन नहीं भी होगा तब भी हमें कोई दिक्कत नहीं है। जिस दिन तुमको लगे की अब तुमसे परीक्षा पास नहीं होगा उस दिन तुम अपना बैग उठाकर वापस घर आ जाना। तुम इस बात की बिलकुल भी परवाह मत करना की यहां आने के बाद हम तुम्हें ताने देंगे, तुमको गलत बोलेंगे। मुझे तुम्हारी मेहनत पर भरोसा है तुम्हें यहां पर कोई एक शब्द गलत नहीं बोलेगा। जिस दिन भी तुमको लगे की तुमसे नहीं होगा उस दिन तुम बिना किसी बात की परवाह किए अपने घर वापस आ जाना।

फ़ोन कटने के बाद मै प्रकाश की ओर देखते हुए लंबी आहें भरा और मुस्कुराते हुए प्रकाश से बोला, प्रकाश यार तुम बहुत भाग्यशाली हो की तुमको इतना अच्छा परिवार मिला है। तुम्हें समझने वाले कई लोग हैं। मैं कईयों को सिर्फ़ इसलिए अपनी जान गंवाते देखा हूं, बीमार होते देखा हूं क्योंकि उनके पास कोई ये कहने वाला नहीं है कि 'बेटा जिस दिन तुमको लगे की तुमसे ये चीज़ नहीं हो पाएगा उस दिन तुम बिना एक भी गिले - शिकवे के अपने घर वापस आ जाना।' इस घर के सभी दरवाज़े हमारे बच्चे या बच्ची के लिए हमेशा खुले हैं।

29.

प्रकाश की डायरी से,

मैंने जीवन में बहुत कुछ सीखा था और उनमें सबसे बड़ा सबक था झूठ न बोलना। मैं यह जानते हुए भी की झूठ बोलना सही नहीं है उसके बावजूद कई बार बोला था जिसकी वजह से मां मेरा झूठ बहुत आसानी से पकड़ लेती थी।

जब मैं दुसरे संस्थान में भी पढ़ाना छोड़ दिया था और मेरे पास जीवन यापन के लिए और कोई रास्ता नहीं बचा था। मैं कई दिन इधर - उधर भटका। मैं हर संभव यही प्रयास कर रहा था की कहीं से मुझे एक मौका मिल जाए जिससे मैं अपना खर्च और कमरा का किराया निकाल सकूं। कई दिन भटकने के बाद भी जब मुझे कोई रास्ता नहीं मिला और पैसों की शख्त जरूरत की वजह से मैं एक 'बार' में नौकरी करने लगा था।

'जीवन में चाहे एक रुपए ही कमाएं

पर, खुद की कमाई, कमाई होती है।'

मुझे अभी भी याद है की कुछ महीने मेरे जीवन में आर्थिक समस्याओं की वजह से ऐसे भी आए थे जिनमें मैं सिर्फ़ एक समय ही खाना खाता था।

मेरे जीवन में कई सारी बातें ऐसी थी जिन्हें मैं किसी को नहीं बताया था और उन्हें बयां करना भी ज़रूरी था इसलिए मैं डायरी लेकर वो सारी बातें, उलझनें, शिकायतें और मजबूरियां लिखने के लिए बैठ गया।

प्रिय डायरी,

मैं तुमसे आज़ कुछ ख़ास बताना चाहता हूं। तुम इन्हें अपने पास समेटे रखना। आज़ अच्छे से पढ़ाई करने के दौरान मुझे लगा की आज़ मैं उतना पढ़ लिया हूं जितने से मैं सहमत हो सकता हूं और मुझे अफ़सोस भी नहीं करना पड़ेगा। आज़ सहमत होने तक की पढ़ाई करने के बाद मेरे दिमाग में आया की क्यों न आज़ मैं इस पल का जश्न मनाने की मकसद से कहीं बाहर कुछ खाने जाऊं।

कुछ समय सोचने के बाद मुझे लगा की बाहर कुछ खाने के लिए जाना चाहिए क्योंकि जब तक मैं बाहर कुछ खाने के लिए नहीं जाऊंगा तब तक ये मेरे दिमाग में चलता ही रहेगा इसलिए मैं बिना देर किए वहां से बाहर निकल पड़ा। कुछ दूर चलने के बाद मुझे कई दुकानें दिखीं और उन्हीं दुकानों के साथ एक पिज़्ज़ा, बर्गर और सैंडविच की भी दुकान दिखी। वहां जाने के बाद मैं एक पिज़्ज़ा और उसके साथ एक बर्गर का ऑर्डर दिया फ़िर वहीं खड़ा होकर अपने ऑर्डर का इन्तजार करने लगा।

उस दुकान पर मुझे मिलाकर करीब 09 से 10 ग्राहक रहे होंगे। इन्हीं ग्राहकों की सूची में एक छोटी बच्ची और एक छोटा बच्चा भी था जिन्हें देखकर मुझे अहसास हुआ की ये दोनों भाई - बहन हैं। हमारी तरह वो दोनों भी वहीं खड़े थे। उनके कपड़े थोड़े से फटे और गंदे थे जिसकी वजह से वहां खड़े कुछ लोग अपना मुंह बिचका रहे थे। मैं काफ़ी देर तक वहीं पर खड़े होकर ये सब देख रहा था और सोच रहा था की ये कितनी अच्छी बात है। जिस बराबरी को लेकर हम सब किताबों में पढ़ते हैं आज़ सच हो रहा था।

कुछ देर बाद...

मेरा ऑर्डर तैयार होने के बाद मैं अपना ऑर्डर लेकर जाने लगा तभी दुकानदार साहब कुछ बुदबुदाने लगे। मैं जब उनसे इस बुदबुदाने के पीछे का कारण पूछा तब पता चला की यहां तो अभी तक सब उल्टा ही चल रहा था।

क्या हुआ भईया?

कोई परेशानी,

दुकानदार अपनी चुप्पी तोड़ते हुए और बुदबुदाना बंद करने के बाद अपनी मन की बातें बताते हुए बोले,

ये बच्चे (गाली देते हुए) सारे काम मार खाने वाले करते हैं इनकी वजह से देखो आज़ मेरे कई ग्राहक वापस चले गए।

मैं - कुछ समझा नहीं

दुकानदार - भाई वो बच्चे जो थे एकदम चिपक कर खड़े हो जाते हैं जिनकी वजह से तमाम ग्राहक वापस चले जाते हैं।

जब मैं दुकानदार से इसके पीछे का कारण पूछा तब वो कारण बताते हुए बोले, भाई ये बच्चे (गाली देते हुए) भिखारी हैं। भीख मांगते हैं। इनको (गाली देते हुए) और कहीं जगह नहीं मिलती है बस चिपक के खड़े होने के शिवाय जबकि अगर चाहें तो थोड़ा बहुत दूर भी खड़े हो सकते हैं लेकिन इन (गाली देते हुए) को कौन समझाए?

मैं दुकानदार की बातें सुनकर एकदम से चुप हो गया था मानो मेरे सारे शब्द ही खत्म हो गए हों। मैं अभी कुछ देर पहले ही बच्चों को देखकर उनके बगल खड़े होकर सोच रहा था कि कितनी अच्छी बात है कि हम सब साथ खड़े हैं। ये बच्चे भी हमारे साथ, हमारी तरह दुकानों पर खा सकते हैं पर यहां तो सारा कुछ उसके विपरीत हुआ।

अभी तक मैं बच्चों को लेकर जो कुछ भी सोच रहा था सब उल्टा हो गया था। मैं मानता हूं की वो बच्चे गंदे कपड़े पहने हुए खड़े थे, वो सभी कपड़े फटे पुराने भी थे लेकिन उनके पास जो था वही तो पहनेंगे।

आखिर सबसे ज्यादा समझदार कौन साबित हुआ ? वो बच्चे जो बिना किसी से कोई उम्मीद किए कुछ चिल्लरों को बटोरकर एक पिज़्ज़ा खरीदकर दोनों भाई - बहन साथ खाने वाले थे। या फिर मैं जो कि बच्चों के बगल खड़ा होकर देख रहा था और उनकी भावनाओं को समझ रहा था। या फिर वो ग्राहक जो सिर्फ़ पढ़े - लिखे ही थे जिनके पास किताबों की दुनिया छोड़ कर और किसी भी चीज़ का कुछ भी नहीं पता होता है यहां तक किताबों का भी नहीं। अब बचते हैं हमारे माननीय दुकानदार साहब जिनकी दुकान पर लिखा था कि 'ग्राहक भगवान के रूप होते हैं।' मुझे भरोसा है कि इस सवाल का ज़वाब आप बहुत ही अच्छे ढंग से देंगे।

30.

प्रकाश अपनी तैयारी में पूरी तरह से लीन थे उन्हें ये तक नहीं पता चलता था की कब रात हुई और कब दिन?

मैंने कई बार प्रकाश से पूछा था कि प्रकाश यार क्या तुम्हारी भी जिन्दगी में कोई ऐसा है जो बिना मतलब का तुमको परेशान करता हो, ताने मारता हो और तुम्हारी बातें यहां - वहां बताता हो।

प्रकाश - यार ऐसे तो बहुत सारे लोग हैं लेकिन उनके बारे में सोचने से क्या ही मतलब निकलने वाला है इसलिए मैं उनको ध्यान ही नहीं देता हूं।

बहुत सारे लोग ऐसे हैं जिन्होंने मेरे ऊपर कई ऐसे आरोप लगाए थे जिनसे मेरा कोई संबंध ही नहीं था। जो बिलकुल झूठे थे।

मैं - प्रकाश भाई आप इनकी बातों पर कभी ध्यान दिए हो या नहीं।

प्रकाश - पहले तो कभी - कभी देता भी था लेकिन अब नहीं देता हूं क्योंकी इधर की बातें उधर करना इन लोगों की आदत होती है, जोकि इतनी जल्दी छुटने वाली भी नहीं हैं।

प्रकाश कुछ देर चुप रहे फिर उसके बाद बोले,

क्या हुआ कोई बात?

किसी ने तुमको कुछ कहा?

मैं - नहीं यार बात तो कुछ भी नहीं है बस यूं ही पूछ रहा था।

प्रकाश - कोई बात तो ज़रूर है वर्ना तुम ऐसे सवाल पहले मुझसे कभी नहीं किए थे।

क्या हुआ?

बताओ,

प्रकाश के पूछने पर मैं अपनी वो सारी बातें उसे बताने लगा जो मेरे दिमाग में कई महीनों से चल रहे थे।

प्रकाश भाई बात ये है की आज़ मेरी बात पहले मम्मा से हुई उसके बाद हिती से। इन

लोगों से बातें करने के बाद मैं हर्षा से बात करने के लिए उसे कॉल किया। मैं जब हर्षा से बात कर रहा था तब वो बताया की तुमको लेकर तुम्हारे घर में आज़ कल कुछ ज्यादा ही बातें हो रही है।

प्रकाश - मतलब,

मैं - मतलब यार, घर पर कुछ रिश्तेदार आए हुए थे जिन्होंने मम्मा - पापा से मेरे प्रति कुछ ज्यादा ही गलत - सलत बोल दिया। जिन बातों को बोलना शायद उचित नहीं था और कोई अस्तित्व भी नहीं था।

मेरी बातें सुनकर प्रकाश मुस्कुराने लगा और बोला,

तुम फालतू लोगों की बातों को ध्यान न देकर सिर्फ़ पढ़ाई पर ध्यान दो। लोग हैं। बातें करेंगे और बातें होती ही रहेंगी।

प्रकाश - अब तो आने वाले साल का कैलेंडर भी आ गया है।

मैं - हां यार आ तो गया है।

प्रकाश - तो इन बातों को लेकर क्यों परेशान हो रहे हो? तुम अपनी परीक्षा पर ध्यान दो जिसकी वज़ह से ये सारे चेहरे खुद ही एक दिन चुप हो जाएंगे। देखो, अगर असफलता रहेगी तब भी लोग सुनाएंगे और काबिलियत न रही तब भी इसलिए हर रोज़ मेहनत करो, हर रोज़ जो भी प्राप्त करना चाहते हो उसे करो जिनसे कुछ फ़ायदा मिले। इन सब बातों से कुछ भी होने वाला नहीं हैं बस दिमाग ख़राब करना छोड़ कर।

मैं - यार तुम्हारी बात सही है फिर भी पता नहीं क्यों दिमाग वहीं, उन्हीं लोगों की बातों में ही रख जाता है।

प्रकाश - मैं तुम्हारी बातें समझ सकता हूं लेकिन तुम क्या ही कर सकते हो? अंजान बनने के शिवाय तुम्हारे पास और कोई रास्ता है, अगर हो तो बताओ।

मैं - नहीं

प्रकाश - तो फिर,

मैं - कुछ ख़ास नहीं (मुस्कुराते हुए)

कुछ देर प्रकाश मेरी ओर देखते रहे मानो उसे भनक लग गई हो की मैं अभी भी इन

सभी बातों को लेकर, इन सभी बकवास भरी बातों की वजहों से निराश हूं। मैं अभी भी उन सभी के बारे में ही सोच रहा हूं। मैं उन्हीं लोगों की बातों को ध्यान करके अपना समय और मन दोनों बर्बाद कर रहा हूं।

हम दोनों चलते - चलते बातें कर रहे थे। अभी तक तो मेरी जुबान से सवाल भी निकल रहे थे लेकिन अब वो भी बंद हो गए थे। आज़ मेरी जुबान कुछ यूं शांत हुई मानो सिल ही गई हो।

प्रकाश मेरे बगल ही थे इसलिए ख़ामोशी तोड़ते हुए बोले,

उदास हो?

मैं - नहीं

प्रकाश - परेशान हो?

मैं - नहीं यार ऐसा कुछ भी नहीं है

प्रकाश - हो तो,

मैं - नहीं,

प्रकाश कुछ देर मुझे गौर से देखते रहे फिर बोले, तुमको अगर कोई कुछ गलत बोले तो उनकी बातों पर ध्यान न दिया करो, उनका काम है कहना, उनका कर्तव्य है गलत - सलत बोलना, वो करेंगे भी, कहेंगे भी, और बोलेंगे भी।

मुझे भी बहुत सारे लोग उल्टा - सीधा बोल रहे थे। मैं भी परेशान था, मजबूर था, मुझे भी कुछ समझ नहीं आ रहा था तब मैं उन सभी सवालों के जवाब समझ कर एक कविता लिखा था 'अच्छा है' करके। अगर तुम चाहो तो थोड़ी देर की संतुष्टि के लिए, खुद को समझाने के लिए उसे गुनगुना सकते हो।

मेरा चेहरा प्रकाश की बातें सुनकर खिल गया मानो मुर्झाए हुए पौधों पर कोई पानी डाल दिया हो जिसकी वजह से उसे आगे जीने का मौका मिल गया हो। यानी एक नया जीवन।

प्रकाश जिन छोटी - छोटी मोतियों को पिरोकर माला का रूप दिए थे। वो कुछ यूं थे कि-

तुम्हारी शान, मान, तुम्हारा सम्मान अच्छा है,
बोली गई कड़वी बातें तुम्हारा, पहचान अच्छा है।
बताए भी, जताए भी, सब कुछ इस जिंदगी में,
तुम करो तो सब सही, मेरे में बस भाग्य अच्छा है।

तुम्हारी की हुई मेहनत भी, संघर्ष बताती है,
जिंदगी की इस मोड़ का इम्तिहान अच्छा है।
तुम्हें मैं चलना सिखाया, मैं ही गलत हो गया,
पता नहीं क्यों, कैसे? पर ये बदलाव अच्छा है।

ये, बोली गई मीठी बातें, बहुत कुछ बताती हैं,
बच कर चलना है तुमसे, ये सबक अच्छा है।
और हां, क्या तुम खुद को भूप समझते हो?
तुम्हारी बदली इंसानियत, मेरा ईमान अच्छा है।

तुम तो बातें भी किया करते हो उनसे हमारी,
उन, अपनों में भी, मेरा पहचान अच्छा है।
नहीं चाहिए अच्छा घर, कपड़े और मकान,
मेरे इस घर के विनोदी चेहरों का साथ अच्छा है।

सुना है, तुम, सुगंधित बातें करते हो उनसे,
कागज़ी फूलों में खुशबू ढूंढना, कला अच्छा है।
मेरे प्रति कुछ ज्यादा तनाव नहीं होता, तुमको,
इस अपनत्व से भी अधिक बहकाव अच्छा है।

चिल्लाते, बताते रहे अपने बारे में तुम सबको,
दिखावे से कोसो दूर, ये शांत स्वभाव अच्छा है।
बहते रहे नदियों की तरह, तुम इधर से उधर,
मैं ठहरा ही सही, पर, मेरा ठहराव अच्छा है।

31.

प्रकाश की डायरी से,

कल रात मैं ज्यादा देर तक पढ़ रहा था जिसकी वजह से आज़ देर तक सो भी रहा था। मेरे फ़ोन में बार - बार किसी का कॉल आ रहा था। मैं नींद में था इसलिए गुस्सा भी आ रहा था और चिचिड़ाहट भी हो रही थी।

मैं फ़ोन उठा कर देखा तो वो सभी कॉल प्रिशा के थे जिन्हें देख कर नाराज़गी मानो छू मंतर हो गई थी। मैं कॉल उठाया और प्रिशा से बातें करने लगा। आज़ प्रिशा इतनी ज्यादा खुश थी मानो वो कोई बड़ी उपहार व बहुत बड़ी उपलब्धि पायी हो। मैं जब प्रिशा से इसके पीछे का राज़ पूछा तो वो मुस्कुराते हुए बोली आप।

प्रिशा की बातें मेरी समझ में बिलकुल नहीं आ रही थी इसलिए मैं दोबारा से पूछा, मतलब,

वो मुस्कुराते हुए बोली जिसकी जिंदगी में इतना अच्छा, समझदार और सबका ख्याल रखने वाला इंसान हो उसे किस बात की कमी होगी। किस चीज़ की कमी होगी।

प्रिशा अपनी बातें आगे बढ़ाते हुए बोली, प्रकाश तुमको पता है, मैं जब भी तुमसे बात करती हूं मुझे लगता है की मुझे वो सारा कुछ मिल गया है जिसे मैं पाना चाहती हूं। जिसे मैं ढूंढ रही हूं।

मैं प्रिशा की बातें गौर से सुन रहा था और वो बेचारी बोले जा रही थी, प्रिशा आज़ कुछ ज्यादा ही मेरी तारीफें कर रही थी जबकि मैं तारीफों के लायक भी नहीं था। मैं अगर इतना कुछ कर पा रहा था, समझ पा रहा था, मैं अगर अपनी पढ़ाई के साथ कुछ रिश्ते निभा पा रहा था तो इन सब कारणों के पीछे कोई और नहीं बल्कि वो ही है। शायद उसे पता नहीं था। प्रिशा अपनी तरफ़ से आज़ बोली जा रही थी और मैं सिर्फ़ उनके बोले हुए शब्दों को सुन रहा था। अगर मेरे जीवन में प्रिशा की अहमियत की बात करें कि कितनी थी, क्या थी, क्यों थी? तो उसे हम कुछ यूं समझ सकते हैं। इन पंक्तियों से समझ सकते हैं।

अभी तो काट लेटा हूं तेरी यादें लोगों संग,
तेरी इंतज़ार में हर पल मर रहा हूं मैं।
डरता हूं कहीं दूर न हो जाए मुझसे तू,
गर हो गई दूर, सच में, तो कैसे रहूंगा मैं?

जब भी देखता कोई वीडियो, कुछ पढ़ता हूं,
आंखो में आंसू बस दिल में डर सा होता है।
सोचा ही नहीं कि, जीना पड़ेगा बिन तुम्हारे,
गर ये डर, सच हो गया तो कैसे रहूंगा मैं?

नहीं मालूम, कैसा होगा आने वाला कल मेरा,
पर हां, तुम्हारे बिन ज़रूर अंधेरा सा होगा।
तुम्हारे, अपनों के लिए ही तो पढ़ता हूं मैं,
गर, तुम न मिली मुझे, तो कैसे रहूंगा मैं?

मेरे जीवन में तमाम चीज़ें नहीं, चंद खुशियां हैं,
तुम्हारे बिन, शायद वो भी, अधूरे से हो जाएंगे।
हां सफ़ल होने पर, कोई मिल जाएगा मुझे,
गर तुम न मिली मुझे, तो कैसे रहूंगा मैं?

मुझे नहीं पता कि, कौन, क्या चाहता है यहां?
बस, दोनों की खुशियों के लिए मान जाएंगे वो।
माना, प्रेम विवाह भरोसेमंद न हो, उनके लिए,
गर अरेंज में भी, खुशी न मिली तो कैसे रहूंगा मैं?

नहीं पता कि, कौन क्या सोचेगा तुम्हारे बारे में?
पर, यहां के सभी लोगों का सहारा भी तुम्हीं हो।
मुझे बेशक नहीं पता कि, खुश रखूंगा या नहीं,
गर, तुम्हारे हांथ, उंगली छोड़े, तो कैसे रहूंगा मैं?

मैं वो झूठे, सड़े से वायदे नहीं कर पाऊंगा तुमसे,
पर, तुमको खुश रखने वाली बात, मालूम है मुझे।
सर्तें, कैसी भी आएं इस जीवन में, लड़ लूंगा मैं,
सोचा ही नहीं अकेला रहना, तो कैसे रहूंगा मैं?

सुनो, कमियां, होती हैं, हैं और होंगी भी तमाम
मैं उन सभी कमियों को सुधारना, जानता हूं।
मैं गलतियां करूंगा, उन्हें सुधारूंगा भी मैं ही,
इन बकवासों को न सुनी वो, तो कैसे रहूंगा मैं?

अच्छी बीवी, अच्छे लोग, तमाम पैसे भी मिलेंगे,
मैं आऊंगा जब इस घर, तमाम चेहरे भी खिलेंगे।
शायद, मुझे खुश रख ले, घर भी संभाल ले वो,
गर, मेरी बात ही न मानी वो, तो कैसे रहूंगा मैं?

ज़रूरी नहीं कि, उनकी पसंद मुझे खुशियाँ ही दें,
बड़ो की पसंददीदा खेत भी, बंजर हो जाती हैं।
तुम, बेशक गलत होगी, उनकी देखी नज़रों में,
अब नज़रे हीं गलत साबित हों, तो कैसे रहूंगा मैं।

प्रिशा आज़ कुछ ज्यादा ही मेरी तारीफें कर रही थी जिनके मैं काबिल ही नहीं था। मैं नहीं चाहता था कि 'मुझे मुफ़्त का यश' मिले इसलिए मैं प्रिशा की बातें काटते हुए दूसरी विषयों पर बात करने की कोशिश करने लगा।

प्रिशा की बातें सुनकर मुझे लग रहा था की वो आज़ पूरा मन बनाकर आई थी। मैं उसे और कोई बात करने को बोला लेकिन उधर से ज़वाब आया, नहीं आज़ सिर्फ़ मैं बोलूंगी और तुम सुनोगे।

मैं - अच्छा बाबा ठीक है करते हुए जवाब दिया

प्रिशा - मुझे मालूम है की तुमने इस छोटे से जीवन में बहुत कुछ किया है। बहुत मेहनत किया है। तभी आज़ यहां तक पहुंचे हो। प्रकाश तुम परेशान मत होना क्योंकि तुम अभी भी जहां हो वहां तक जाना भी बहुत सारे विद्यार्थियों का सपना होता है।

मैं तुम्हारे बारे में सब जानती हूं। समझती हूं। मुझे कुछ भी बताने की, समझाने की कोई आवश्यकता नहीं है। मुझे तुमसे कोई भी शिकायत नहीं है, मुझे तुम्हारी तरफ़ से कभी कोई सफ़ाई भी नहीं चाहिए।

प्रकाश तुम्हारा पढ़ने का तरीका, लहज़ा, मेहनत, दुःख - दर्द, वेदना, पीड़ा सबकुछ दर्शा देता है। सबकुछ बता देता है। सबकुछ बयां कर देता है। तुम्हारी काबिलियत, तुम्हारा संघर्ष किसी भी सफ़लता की मोहताज नहीं है तुम अपने आप में एक बड़ी सफलता हो। प्रकाश तुम्हारी खुशियां सिर्फ़ तुमसे हैं, तुम्हारे मानने से हैं, उन्हें समझने से हैं, क्योंकि मुझे नहीं लगता है कि तुम्हारी खुशियां, तुम्हारी सफलता सिर्फ़ एक सरकारी नौकरी से जानी जाए। तुम बिना सरकारी नौकरी के भी खुश रह सकते हो, सफ़ल हो सकते हो, तुम आज़ भी कई चीजों में सफ़ल हो जिन्हें बस जानने की देरी है।

कुछ देर प्रिशा ठहरी फिर बोली, प्रकाश हर साल लाखों बच्चे फॉर्म भरते हैं, हज़ारों, लाखों परीक्षा देते हैं उन लाखों, हज़ारों बच्चों में कुछ चुनिंदा ही सफ़ल होते हैं इसलिए हैरान नहीं होना चाहिए और कभी भी परेशान नहीं होना चाहिए।

मुझे एक बात नहीं समझ आती है की तुम क्यों हैरान हो रहे हो? परेशान हो रहे हो।

तुम तो कई सारे सकारात्मक परिणाम भी दिए हो, कहते हुए फ़ोन कट कर दी।

32.

मैं प्रकाश की डायरी पढ़ते वक्त अचानक से रुका और प्रिशा की कही बातों पर गौर करने लगा। काफ़ी देर तक सोचने के बाद मुझे भी समझ आ गया था की प्रिशा उस दिन बिलकुल सही कह रही थी। हर वर्ष लाखों उम्मीदवार आवेदन करते हैं जिनमें कुछ परीक्षा देते हैं और कुछ नहीं भी देते हैं। इन्हीं उम्मीदवारों में कुछ ऐसे भी होते हैं जिन्हें पहले से ही पता होता है की उनका चयन शायद नहीं होगा तब भी वो भीड़ बनाए रहते हैं। घर के पैसों का गलत उपयोग करते हैं। उन्हें पहले से ही मालुम रहता है कि वो इस परीक्षा में शायद उतना बेहतर न कर पाएं जितना परीक्षा मांगता है लेकिन उसके बावजूद उन्हें लगता है की इस बार उनका हो ही जाएगा।

शहर के चमक - धमक को अब तक मैं समझ चुका था और जो नहीं समझ पा रहा था उसे हर संभव समझने की कोशिश कर रहा था।

प्रिशा के शब्दों में हम इसे एक उदाहरण के माध्यम से समझने की कोशिश करते हैं।

उदाहरण के तौर पर मैं उसी परीक्षा को ले रहा हूं जिसमें मुझे अधिक ज्ञान तो नहीं कहूंगा पर इतना कह सकता हूं कि इतना ज्ञान है की मैं इस उदाहरण को सफ़ल बना सकूं।

प्रारंभिक परीक्षा से शुरू होकर मुख्य परीक्षा होते हुए साक्षात्कार की तरफ़ जाती ये संघर्ष भरी कहानी जिसका न तो हीरो पता होता है और न ही खलनायक बस साल 1992 में आई आमिर ख़ान की फ़िल्म की तरह 'जो जीता वही सिकंदर' जैसा हाल रहता है।

एक ऐसी परीक्षा जिसमें लाखों उम्मीदवार अपनी आंखों में आधी नींद लिए, आंखों में जीत हासिल करने की उम्मीद लिए फॉर्म भरते हैं। उन्हीं लाखों उम्मीदवारों में बहुत सारे बच्चे ऐसे होते हैं जो सिर्फ़ परीक्षा कैसे होता है? जानने के लिए जाते हैं और कुछ दोस्ती निभाने हेतु जाते हैं लेकिन उन्हीं उम्मीदवारों में लाखों, हजारों उम्मीदवार ऐसे होते हैं जो गंभीरता से पढ़ाई करते हैं और अपने सपने को साकार करने की मकसद लिए परीक्षा देने जाते हैं।

परीक्षा की प्रक्रिया के अनुसार इन लाखों उम्मीदवारों में आधिकांश उम्मीदवार प्रारंभिक परीक्षा में असफल हो जाते है। इसके बाद जो बचते हैं वो जी जान लगाने के बाद मुख्य परीक्षा में प्रवेश करते हैं। मुख्य परीक्षा का परिणाम आने के बाद पता चलता है की उम्मीदवारों की संख्याओं में से एक जीरो और कम हो जाता है। मुख्य परीक्षा पास करने वाले वो सभी उम्मीदवार साक्षात्कार की ओर अपने क़दम बढ़ाते हैं। साक्षात्कार देकर आने वाले सभी उम्मीदवारों को अपने ऊपर यकीन होता है कि उनका नाम इस बार पक्का आ जाएगा पर ऐसा होना असंभव होता है। अंतिम पीडीएफ (चयन सूची) आने के बाद पता चलता है की उन संख्याओं में एक ज़ीरो और कम पड़ गया है।

लाखों की भीड़ में शामिल वो सभी उम्मीदवार केवल परीक्षाओं से ही नहीं लड़ते हैं बल्कि वो लड़ते हैं इस समाज से, यहां की रीति - रिवाज़ों से, यहां के लोगों से और तमाम प्रकार के वर्गों से।

कुछ अभिवावकों को लगता है की उनके बच्चे सही से पढ़ते ही नहीं होंगे इसलिए उनका छोड़ कर बाकी सबका चयन हो जाता है। हम उन्हें अगर हिम्मत करके बताने भी जातें हैं तब हमें जवाब मिलता है कि सिर्फ़ तुम्हारा ही नहीं हुआ बाकी बच्चों का तो हो गया है।

इन टेढ़ें - मेढ़े संघर्ष की रास्तों पर चलने वाले उम्मीदवार अपना सबकुछ खोने लगते हैं। हारने लगते हैं। मैं जब भी बच्चों से पूछता था कि जैसे तुम बहुत पढ़ने में तेज़ हो, मेहनत भी कर रहे हो और मुझे पूरा भरोसा है की तुम्हारा एक न एक दिन चयन भी हो जाएगा। पर, अगर न हुआ तो। इस सवाल के ज़वाब में आधिकांश बच्चे मुझे अपने - अपने कारण बताते हुए बोले कि हम किसी तरह यहां आ तो गए हैं लेकिन मुझे नहीं पता है की इस प्रतिस्पर्धा के दलदल से कभी निकल पाऊंगा या नहीं क्योंकि मेरी जिंदगी में आने का रास्ता तो है पर जाने का नहीं। मैं हर संभव प्रयास करूंगा की घर का पैसा बर्बाद न करूं इसलिए अब जैसा भी हो मेहनत तो करेंगे ही।

कुछ बच्चे ऐसे भी थे जिन्हें आने के पहले तो पता था कि उनका चयन हो जाएगा लेकिन आने के बाद बोलते मिले की उन्हें पहले तो लगता था कि उनका चयन हो जाएगा

पर अब आने के बाद जब मैं महीनों पढ़ाई किया तब मुझे एहसास हुआ की मुझसे नहीं हो पाएगा। मैं जबरदस्ती करके यहां पढ़ाई के लिए आया था, फलाने तैयारी के लिए आया था इसलिए अब घर वालों को भी मुझसे बहुत उम्मीदें हो गई हैं। मैं इस पढ़ाई को, इस तैयारी को छोड़ कर जाना तो चाहता हूं लेकिन वापस जा नहीं पाता हूं क्योंकी मेरे अंदर इतनी भी हिम्मत नहीं बची है की मैं घर वालों का सामना कर पाऊं और उन्हें बता पाऊं की मुझसे नहीं हो पाएगा। मैं ही नहीं मेरी तरह तमाम ऐसे बच्चे हैं जो अपने घर वालों के इन शब्दों का इंतजार करते हैं कि उनके घर से बस एक बार फ़ोन आ जाए और उधर से ये आवाज़ आ जाए कि 'बेटा तुम परेशान मत होना, जब तक तुमको लगे की तुमसे हो पाएगा तब तक तुम अच्छे से पढ़ना और जिस भी दिन लगे की अब नहीं हो पाएगा उस दिन तुम अपने घर वापस आ जाना। हम रूखा सूखा खा लेंगे लेकिन खुश रहेंगे। हमें सबसे ज्यादा तुम महत्वपूर्ण हो और हां समय से खाना खा लेना और फालतू का परेशान मत होना, चिंता मत करना नहीं तो बीमार हो जाओ। हमारे लिए सबसे ज़्यादा कीमती तुम हो। अगर तुम हो तो सब है। बेटा हमारा सिर्फ़ घर कच्चा है इरादा नहीं।'

आधे से ज्यादा बच्चे सिर्फ़ इसलिए अपनी जिन्दगी से हार जाते हैं की वो अपने अभिवावकों को गर्व महसूस करा सकें। हम हज़ारों निर्णय लेते हैं इसका मतलब ये तो नहीं की हमारे लिए गए सभी निर्णय सही ही हों। कुछ अभिभावकों को इतनी छोटी सी गणित नहीं समझ आती है कि जैसे कोई एक भर्ती निकाली गई और उस भर्ती में आवेदित उम्मीदवारों की संख्या लाखों में है और भर्ती में आई सीटों की संख्या सिर्फ़ हज़ार में है। अब इसके अनुसार तो सबका चयन होना असंभव ही है।

हम सिर्फ़ उन चंद उम्मीदवारों को देखते हैं जिनका चयन होता है पर उन लाखों उम्मीदवारों को नहीं देखते जिनका चयन सिर्फ़ कुछ अंकों से रूक जाता है, कुछ प्रश्नों से रूक जाता है।

हमारा समाज, हमारे लोग और हमारे अपने, असफल उम्मीदवारों को समझाने की जगह उनको हर एक तरीके से प्रताड़ित करता है जितने तरीके उनको पता होते हैं। इस दिखावे भरी भागा दौड़ी में हम वो सारी गलतियां करते हैं जिन्हें नहीं करना चाहिए था।

'सहारे की अवश्यकता रोने वालों को थी,
हम महफ़िल में बैठे, खुशियों की ताली बजा रहे थे।'

×××

परीक्षा की कैकेंडर जारी होने के बाद मैं भी इस बार ईमानदारी से तैयारी करने में लगा था। प्रकाश की तरह मैं भी उन सारी गलतियों को इस बार नहीं दोहराना चाह रहा था जो पहले किया था। प्रकाश के साथ मैं भी उन्हीं की बताए रास्ते पर चलते हुए आगे बढ़ने की कोशिश कर रहा था। हर संभव कुछ नया सीखने की कोशिश कर रहा था।

प्रकाश भी बिना रुके आगे बढ़ रहे थे। प्रकाश का कहना था की अगर आज़ का ये दिन ख़राब भी हो जाएगा तो दुःख की बात नहीं है। आने वाली सुबह की शुरवात और अच्छे से करेंगे। प्रकाश का कहना था कि जिस दिन हम अच्छा पढ़ेंगे खुद को ईनाम देंगे लेकिन जिस दिन अच्छे से नहीं पढ़ेंगे उस दिन खुद को दण्ड देंगें।

प्रकाश मुख्य परीक्षा दे चुके थे इसलिए अब वो मुख्य परीक्षा परिणाम के इंतज़ार के साथ - साथ साक्षात्कार की भी तैयारी करने लगे थे। सुबह से लेकर शाम तक बस एक ही काम हो रहा था सवाल - जवाब।

मुझे जो कुछ भी पूछना होता था मैं प्रकाश से बिना हिचक पूछता था और वो मेरे सभी सवालों के ज़वाब बिलकुल सहज तरीके से देते थे। मैं अगर इतने सवाल पूछने में सक्षम था तो उसका एक कारण प्रकाश की सहजता भी थी।

प्रकाश एक बार मुझे समझाते हुए बोले भी थे कि अभी भाई जीवन में दो तरह के नकारात्मक लोग होते हैं जिनमें एक तो साधारण होते हैं और दूसरे अति नकारात्मक होते हैं इसलिए तुम्हारी भेंट जब भी अति नकारात्मक वाले से हो, तब तुम प्रयास करना की उससे हमेशा के लिए दूर हो जाना।

33.

प्रकाश की डायरी से,

यूं ही थोड़ी खिला है आज़, ये फूल
तमाम भंवरो से बचाकर रखना पड़ा था।

मुझे पहले भी बहुत अधिक ज्ञान नहीं था और आज़ भी नहीं है मेरे घर में लाख तकलीफें रही होंगी और थीं भी। मैं भले ही अच्छे विद्यालय में नहीं पढ़ा था। बहुत अच्छे घर से नहीं था लेकिन मुझे वो सब कुछ सिखाया गया था, बताया गया था जिसकी हमें जरूरते होती हैं।

आज के बच्चे जिन संस्कारों के नाम से दूर भागते हैं मेरे जैसे उन्हीं संस्कारों की डोर में बंधे होने के बावजूद भी स्वतंत्र थे। मुझे मेरे घर से , मेरे अभिवावकों से कुछ मिला हो या नहीं लेकिन मुझे लोगों की कद्र उनके जीवित रहते हुए करनी है। ये सीख ज़रूर मिला था।

इसमें कोई संदेह नहीं था की पहले मेरे घर में तमाम प्रकार की जिम्मेदारियां थीं, तकलीफें थीं, परेशानियां थीं लेकिन अब वो बहुत सारी जिम्मेदारियां और तकलीफें खत्म हो चुकी थीं जो बच्चों को उनका बचपना भुलवा देती हैं।

सभी बच्चों की तरह मैं भी अपनी जिंदगी को जीना चाहता था, कुछ समय परिवार के साथ बिताना चाहता था, दोस्तों के साथ इन पलों को यादगार बनाना चाहता था। मैं उन सारी गलतियों को करने से डरता था जो किसी को दुःखी कर सकती थी, चोट पहुंचा सकती थी। मैं एक भी ऐसे काम नहीं करना चाहता था जिनसे लोगों का नुकसान हो, उन्हें चोट पहुंचे या फिर उन्हें किसी भी प्रकार की मेरी वजह से कोई परेशानियां उठानी पड़े।

मेरे अंदर लाख़ अच्छाइयां हैं लेकिन वो कोई नहीं देखना चाहता है। मेरे पास जो नहीं है उसके लिए सभी परेशान थे। अगर मैं इस वक्त खुद को तोलने की कोशिश करूं तो मैं अपनी सारी अच्छाइयां एक तरफ़ रख दूं और सरकारी नौकरी दूसरी तरफ़ तो शायद

सरकारी नौकरी जीत जाएगी। हम जैसे लोगों के साथ एक दिक्कत ज़रूर रहती है की अगर हम सफ़ल नहीं हैं तो न हमारा परिवार साथ देता है, समझता है, और न ही यार दोस्त। अगर सरकारी नौकरी है तो सफ़ल वर्ना असफल। अगर सफलता की योग्यता ही सिर्फ़ सरकारी नौकरी के आधार पर माना जायेगा तो आधिकांश असफल ही रहेंगे।

एक छोटी सी भी समस्या आने पर सबसे पहले वो लोग भागते हैं जो कहते हैं की भाई अगर कोई भी दिक्कत हो, कोई भी परेशानी हो, किसी प्रकार की कोई भी मुसीबत आए तो बता देना तुम्हारा ये भाई, ये दोस्त, ये बहन, ये चाचा और तुम्हारा ये फलाना तुम्हारे साथ खड़ा रहेगा। इत्तेफ़ाक की बात ये है कि जब भी कोई परेशानी आती है सबसे पहले यही भागते हैं। प्रिशा मुझसे एक बार एक बात बोली थी कि,

प्रकाश दुनिया में चाहे तुम्हारा कोई साथ दे या न दे लेकिन तुम्हारा परिवार तुम्हारे साथ हमेशा खड़ा रहेगा। तुम्हें जब भी कोई तकलीफ़ आएगी उसका सामना कोई और नहीं तुम्हारा परिवार ही करेगा। ये समाज इसकी समाजिकता बस लोगों की सफलता पर तालियां बजाती हैं। सफ़ल लोगों को पहचानती हैं। असफल लोगों का यहां कोई ठिकाना नहीं होता है।

आगे,,,

मैं लम्बे से लम्बे समय तक निभाए गए रिश्ते, बहुत अच्छे रिश्ते, भरोसेमंद रिश्ते टूटते देखी हूं। जब वक्त असफलता, तकलीफें, मुसीबतें, परेशानियां दिखाता है तो शायद ही कोई रिश्ता टूटने से बचता होगा। प्रकाश मैं ये नहीं कह रही हूं की सभी ख़राब होते हैं लेकिन इतना ज़रूर कहूंगी की सभी अच्छे भी नहीं होते हैं। हमारी मानसिकता ही अजीब सी होती है जिसे सिर्फ़ सफ़ल लोग ही दिखते हैं।

आगे,,,

कमबख्त ये गरीबी भी,

उफ़,

प्रकाश यार तुम्हीं सोचो की जब गंदे कपड़े पहनने पर, थोड़े फटे हुए पहनने पर खुद के पाले कुत्ते हम पर ही भौंकने लगते हैं। यहां तक पहचानते नहीं हैं तो हम इस समाज से और

दूसरों से क्या ही उम्मीद करें?

प्रकाश मैं आज़ जब कॉलेज के लिए जा रही थी तब मैंने कुछ बच्चों को देखा था। उनकी उम्र महज़ 12 से 16 के बीच रही होगी। मैं उन्हें देखते हुए जा रही थी वो सभी बच्चे उस वक्त प्लास्टिक बिन रहे थे, कूड़ा उठा रहे थे, थोड़े गंदे, फटे हुए कपड़े पहने हुए थे। तुमको पता है, मैं भी वहीं से जा रही थी इत्तेफ़ाक की बात ये है की वहां पर खड़े कुछ कुत्ते मुझे देखकर एक भी बार नहीं भौंके थे लेकिन उन बच्चों को देख कर भौंकने लगे। बाकी तुम समझदार हो, समझ सकते हो।

आगे,,,

प्रकाश बहुत सारे लोग ऐसे होते हैं जो कहते रहते हैं कि सरकारी नौकरी से ही सब कुछ नहीं होता है प्राइवेट में भी लोग कमाते हैं। सरकारी नौकरी से ज्यादा ही उन्हें तनख्वाह मिलती है और उसके साथ - साथ ढेर सारी सुविधाएं भी मिलती हैं। वो लोग कई करोड़पतियों के, बड़े उद्योगपतियों के उदाहरण भी देते हैं। दरअसल उनकी गलती नहीं है वो सही ही बताते हैं। सलाह भी सही देते हैं लेकिन अब तुम्हीं बताओ, अगर तुम्हारे पास लाखों, करोड़ों रुपए होते तो तुम वहां पर तैयारी करने ही क्यों जाते, वहां इतनी मेहनत क्यों करते ?

प्रकाश हमारे पास बस उतना ही धन है। अनाज है। जिससे हम अपना पेट भर सकें। अगर एक दिन पापा कमाने न जाएं तो घर पर हम सब को पानी पीकर सोना पड़ जाएगा।

अगर मैं थोड़ी देर को मान भी लूं की तुम उद्यम कर सकते हो लेकिन उद्यम करने के लिए जो पैसे लगेंगे वो कहां से लाओगे? प्रकाश लोग तो ज्ञान देने के लिए बने ही होते हैं। हम सभी का जीवन, जीवन जीने का तरीका अलग - अलग होता है। अगर सिर्फ़ ज्ञान देने से , लोगों के समझाने से, अपनी संघर्ष बताते हुए उन्हें मार्गदर्शित करने से, इधर - उधर की बातें करने से, उदहारण देने से सब कुछ सही हो जाए तो लोग परेशान ही क्यों होते, हम सब परेशान क्यों होते, हमें तरह - तरह की बीमारियां क्यों होती, हमें तकलीफें क्यों होती ? अगर सिर्फ़ ज्ञान देने से , समझाने से , बताने से सब कुछ सही हो जाए तब तो हम सब को खुश रहना चाहिए था न की परेशान।

मैं मान लूं की सरकारी नौकरी अगर तुमको नहीं भी मिलेगी तो तुम प्राइवेट में कमा लोगे। इसमें कोई संदेह भी नहीं है की तुम कमाओगे नहीं। तुम लाखों कमा सकते हो। अगर सिर्फ़ कमाने से सब कुछ सही हो जाए तो, ये हमारे घरों में मतभेद क्यों होता है?

प्रकाश यहां पर ऐसा ही होता है। हमारे घर, समाज के लोग ऐसे ही होते हैं। बीमार भी यही करते हैं और उस बिमारी को सही करने का तरीका भी यही बताते हैं। हम इस मतभेद को, इस तुलना को किसी भी परिवार के उदाहरण से एकदम आसान तरीके से समझ सकते हैं।

जैसे मेरे मां - बाप के दो बच्चे हैं और दोनों बहुत होशियार हैं, समझदार हैं, हम बहुत अच्छे हैं, हम दोनों के पास एक भी कमियां नहीं हैं इसलिए अभी तक सबकुछ सही चल रहा होता है।

प्रकाश अभी हम दोनों मां - बाप की नज़रों में, रिश्तेदारों की नज़रों में, परिवार वालों की नज़रों में इसलिए अच्छे हैं क्योंकि अभी हम दोनों में कोई ख़ास अंतर नहीं है लेकिन हम दोनों में से कोई एक सरकारी नौकरी के पैमाने में सफ़ल हो जाए तब?

अभी तक हम इसलिए अच्छे थे क्योंकि एक समान थे लेकिन अब अंतर इसलिए होने लगा क्योंकि हम दोनों में से कोई एक सफ़ल हो गया है। प्रकाश हमारे यहां सिर्फ़ एक इंसान नहीं सफ़ल होता है बल्कि उसकी सफ़लता के साथ सफ़ल होती है, अपनों की ममता, खोखली ताकतें, झूठे रिश्ते और बिन मतलब की झूठे दिखावे और बिल से निकलते कुछ किराए के सदस्य जो सिर्फ़ यही बोलते फिरते हैं की मुझे तो पहले से ही पता था की हमारे फलाने ज़रूर सफ़ल होंगे, ज़रूर ये कर लेंगे। मैं अभी तक बिल से इसलिए नहीं निकली थी, निकला था क्योंकि मैं मन्नत मांगी थी, मांगा था की जब तक मेरे फलाने या फलानी सफ़ल नहीं होंगे मैं अपना चेहरा नहीं दिखाऊंगा, नहीं दिखाऊंगी।

प्रकाश ये वो लोग होते हैं जो तुम्हारे साथ तभी आएंगे जब तुमसे इनको कोई फ़ायदा हो। बिना फ़ायदे के जब ऐसे लोग एक फ़ोन नहीं कर पाते हैं। मेसेज नहीं कर पाते हैं। उन्हें ये तक नहीं पता होता है कि सामने वाला जिंदा हैं, नहीं हैं, कुछ खाया, नहीं खाया, वो लोग ठीक हैं, नहीं ठीक हैं। पर जिस दिन इन्हें लगता है की अब इनका तुमसे कोई फ़ायदा

हो सकता है ये भागते हुए चले आएंगे।

प्रकाश हम ऐसे ही होते हैं और शायद रहेंगे भी। हम सफ़ल लोगों के पीछे भागते - भागते ये तक भूल जाते हैं की जो सफ़ल लोगों के पैमाने में असफल पड़ा है वो भी इन्हीं का अपना है। उसके अंदर तमाम ऐसी कलाएं हैं, तमाम ज्ञान है जिससे वो भले ही थोड़ा कम कमाएगा लेकिन खुश रहेगा। पर हमारे यहां सफ़लता का मतलब ही या तो लाखों, करोड़ों रुपए कमाने वाले होते हैं या फ़िर सरकारी नौकरी।

प्रकाश जब हम दो बच्चों में सफलता-असफलता के पैमाने को देखकर भेद करते हैं तो असल मायनों में सिर्फ़ एक ही सफ़ल होता और बाकियों की अपेक्षा थोड़ा बहुत ज्यादा खुश रहता है। हमारे पास दूसरे बच्चे की मेहनत देखने के लिए, उसे समझने के लिए वक्त ही नहीं होता है। अगर मैं समाज, परिवार की नज़रों में असफ़ल हूं तो इसका मतलब ये नहीं है की मैं ख़राब हूं, में नसमझ हूं, मैं मेहनत नहीं कर सकती हूं, मैं कुछ और नहीं कर सकती हूं लेकिन ऐसी स्थिति में अनेकों प्रतिभाएं होने के बावजूद, अनंत ज्ञान होने के बावजूद, असीमित मेहनत करने के बावजूद यही लगता है की मेरे जीवन में 'फिजिकल हेल्थ, मेंटल हेल्थ, एजुकेशनल हेल्थ, इकोनॉमिकल हेल्थ, इंटरनल हेल्थ, एक्सटर्नल हेल्थ, ट्रस्ट एट पीपल, होप, हैप्पीनेस, केयर , लाइक, लव, बेनिफिट , स्ट्रेंथ , पावर जैसा कुछ भी नहीं बचा है।'

34.

अंग्रेजी की ये वाली कहावत 'बी हैप्पी इन व्हाट यू हैव बट नॉट सैटिसफाइड (आपके पास जो कुछ भी है उसमें खुश रहो लेकिन संतुष्ट नहीं) आज़ सच साबित हो रही थी। मुख्य परीक्षा का परिणाम आ चुका था और प्रकाश का चेहरा देख कर ऐसा लग रहा था कि अगर परिणाम अच्छा भी होगा तब भी ये बंदा संतुष्ट तो नहीं होगा।

मुख्य परीक्षा का परिणाम आने के बाद मैं प्रकाश का परिणाम देखने जा रहा था लेकिन परिणाम देखने के पहले जब मैं प्रकाश की और देखा तब वो बोला, रहने दो यार वैसे भी नहीं होगा इस बार। परिणाम देखने का कोई मतलब नहीं है।

मैंने प्रकाश के मना करने के बाद भी उसका परिणाम देखने के लिए पीडीएफ में 'प्रकाश कुमार' लिखा। पीडीएफ का जवाब आया 'मैच फाउंडश'

मुझे लगा प्रकाश को बताऊंगा तो वो बहुत खुश हो जाएगा पर ज़वाब पहले की तरह बिलकुल उल्टा निकला। प्रकाश इस परिणाम से बिलकुल खुश व संतुष्ट नहीं हुआ। जब मैं इसके पीछे का कारण पूछा तब जवाब आया कि क्या मतलब है यार ऐसे परिणामों का, जब आख़िरी पीडीएफ में नाम आए तब खुश होना सही भी है। साक्षात्कार तक तो मैं पिछली बार भी पहुंच गया था। प्रकाश की इन बातों को सुन कर, उसका उतरा हुआ उदास चेहरा देख कर मुझे ' थॉमस जेफरसन ' की दो पंक्तियां याद आईं,

' सफ़लता सार्वजनिक उत्सव होता है,
बल्कि, असफलता व्यक्तिगत शोक। '

प्रकाश की बातें सही भी थी क्योंकि यहां तो आख़िरी पीडीएफ आने के कुछ मिनटों पहले तक बच्चों को पता नहीं होता है की उनका नाम आएगा या नहीं। उनका चयन होगा या नहीं।

'अब जिंदगी सांप - सीढ़ी की खेल जैसी है,
'99' पहुंचने पर भी '0' आते देर नहीं लगती।'

प्रकाश मुख्य परीक्षा पास करने के बाद साक्षात्कार की तैयारी और जोरों से शुरू कर दिए थे क्योंकि उन्हें लगता था कि अगर इस बार मुख्य परीक्षा में पास हो गया तो मेरा साक्षात्कार में भी पास हो जाऊंगा।

×××

'मैं तो उनके साथ भी रहा हूं जो,
हर बात पर कहते थे,
ये अच्छा नहीं और ये भी अच्छा नहीं।'

प्रकाश का कहना था की मैं हर तरह के लोगों के साथ रहा हूं जिससे मुझे कौन, कैसे? से लेकर कब, क्यों? तक सबकुछ समझ आ गया था।

प्रकाश - मैं इस अंजान शहर में तमाम प्रकार के लोगों से मिला था जिनमें बहुत सारे बहुत अच्छे थे तो वहीं बहुत सारे बहुत ख़राब भी। मैं इस शहर में कई ऐसे चेहरे भी देखा था जिनकी मुंह से कभी सकारात्मक, फ़ायदे वाली बातें निकलती ही नहीं थी मानो वो घर से चलने के पहले ही सोच लिए थे की मुझे सकारात्मक बातें करनी ही नहीं है।

उनसे कोई भी बातें करो उनका सिर्फ़ एक ही जवाब आता था। ये ख़राब है, ये बेकार है, ये होगा ही नहीं, ये अच्छा ही नहीं है। अगर कभी कुछ साथ में खाने चले जाओ और उनसे पूछो की यार ये खा लें, जवाब आता था की इसके बनाने की तरीके से पता चल गया की ये बहुत ख़राब बनाएगा। वो बात अलग थी की वो मुझसे भी ज्यादा खाते थे जिसकी वजह से कभी - कभी मुझे समझ ही नहीं आता था की जब बनाने वाले को देखकर कोई बता सकता है की इसके बनाने की तरीके से पता चल जाता है की ये ख़राब बनाएगा तो इंसान उसका बनाया हुआ कैसे इतनी चाव से खा सकता है?

अगर पूछो ये कर लें, ज़वाब आता था, होगा ही नहीं असंभव है। इसे पढ़ लें ज़वाब आता था, कभी इससे कुछ पूछा ही नहीं गया है भले ही सामने वाला इंसान कभी एक भी किताबें न पढ़ा हो। हम पहले से ही कई सारी नकारात्मकता से घिरे होते हैं इसलिए प्रयास

यही करना चाहिए की और नकारात्मकताऐं न आएं। हमारे आस - पास तमाम ऐसे लोग होते हैं जिनसे हम कुछ भी पूछेंगे उनका जवाब नकारात्मक ही आएगा। नकारात्मक ही आता है।

कौन, क्या, कैसे, कब, कहां, किधर? जिंदा, मरण, भरोसा, विश्वाश, और धोखा, ये सारे शब्द बस दिखने में सामान्य हैं, सरल हैं जबकि होते नहीं। हम कई ऐसे लोगों से घिरे होते हैं जिनकी हकीकत और दिखावट में जमीं - आसमां का अंतर होता है जिन्हें हम 'बताता हूं' कविता से समझने का प्रयास करेंगे।

अच्छा, बुरा, कुछ दृश्य दिखाता हूं,
सबक - ए - जिंदगी, हालात बताता हूं।
थोड़ी दिक्कतें क्या हुई? वो चले ही गए,
इन बहरूपियों की पहचान बताता हूं।

कुछ ने बोला था, तू कर ही क्या लेगा?
मैं हार के पीछे की अंहकार बताता हूं।
ये संघर्ष नहीं, बस इम्तिहान था मेरा,
जो बदला था, वो बदलाव बताता हूं।

हां, नहीं था मेरे पास उस वक्त कुछ भी,
मैं फटी हुई कमीज़ की पहचान बताता हूं।
मैं, गिरा, संभला, खड़ा हुआ, फिर चला,
देर से मिली परिश्रम का फ़ल बताता हूं

तुम हंसे थे न, मेरे ऊपर, मैं याद हूं?
तुम्हारी लहज़ा तुम्हारा मिज़ाज बताता हूं।
क्या - क्या बोले थे यार उस दिन तुम?

तुम्हारे प्रेम में जलन की बू थी, मैं बताता हूं।

बस समय ही तो बदला था न, प्रकाश,
मैं, कुछ शरीफों की शराफत बताता हूं।
झुकी पगड़ी कुपित कर, गर्व हुआ उन्हें,
अशक्त थे वो, मैं उनकी दशा बताता हूं।

35.

प्रकाश की डायरी से,

खुद की बातें खुद के माध्यम से...

मैं खुद को भाग्यशाली समझता हूं की मुझे बड़े भाई की तरह दोस्त मिला है, दो परिवार मिले हैं, सबकी देखभाल करने वाली प्यारी सी बहन मिली है, इतनी कम उम्र में इतनी बड़ी जिम्मेदारियां उठाने वाला भाई मिला है और भगवान की तरह मां - बाप।

मेरे इस मुकाम तक, जहां मैं अभी हूं, पहुंचाने में मेरी मेहनत से ज्यादा इन सबका साथ है। सफ़लता चाहे छोटी हो या फिर बड़ी हो, कोई भी इंसान सिर्फ़ खुद की मेहनत से सफलता नहीं पाता है। उसकी सफलता में सिर्फ़ उसी का हांथ नहीं होता है बल्कि उन सभी का हांथ और सहयोग होता है जो उसकी संघर्ष में खड़े रहते हैं, साथ रहते हैं।

मैं जैसा था बस वैसा ही बना रहना चाहता था क्योंकि मुझे इतना ही पता है की दिखावे की इस दुनिया में अच्छा बनकर रहना बहुत मुश्किल होता है। मैं अपने इस जीवन में जलन, लालच, दिखावे और घमंड जैसी एक भी भयावह बिमारी नहीं पालना चाहता था।

मैं जब भी किसी को तकलीफ में देखता हूं मुझे अजीब सा लगता है। मुझे लोगों की परेशानियां इसलिए दिखती हैं। समझ आती हैं क्योंकि मैं उन्हें देखता हूं। समझता हूं। पहले मुझे भी लगता था कि मैं ही तकलीफों में रहता हूं मेरे ही घर परेशानियां हैं पर ऐसा कुछ नहीं था। मैं जब बाहर निकला, लोगों को देखा उनकी भावनाओं को समझा तब मुझे पता चला की मुझसे भी ख़राब परिस्थितियों में कई लोग हैं और रहते हैं।

मैं खुद को सामान्य आदमी के रूप में देखना चाहता हूं जहां पर कोई भी इंसान आकर खड़ा हो सके मुझसे बात कर सके। मुझे इस दुनिया में बस उतना ही सफ़ल होना है जहां तक मैं खुद को काबू में रख कर दूसरों की कद्र कर सकूं। पापा कहते थे की जब कभी तुमको तुम्हारी परिस्थितियां हराने लगें तब तुम इतना याद करना कि 'तुमसे भी ख़राब परिस्थितियों में बहुत सारे लोग रहते हैं।' और अगर तुमको कभी कोई अपने मन की बात

बताए तो उसका मज़ाक मत उड़ाना क्योंकि लोग अपने मन की बातें उन्हीं से बताते हैं जिन पर उनको भरोसा होता है। पापा ये भी बोले थे कि अगर तुमसे कभी कोई मदद मांगे तो उसकी मदद कभी जता कर मत करना और हमेशा याद रखना कि 'जो चीजें तुम्हारे लिए बेकार हैं वो लाखों लोगों के लिए बहुत ही अच्छा हो सकता है।' क्योंकि यहां बहुत सारे लोग ऐसे होते हैं जिनके पास उतना भी नहीं होता है जितना हम बेकार समझ कर, ख़राब समझ कर फेंक देते हैं। पापा कहते थे कि दुनिया सिर्फ़ एक कमरे की नहीं है जहां हमें सिमट कर रहना होता है। इस दुनिया में दिखावे से दूर होकर भी बहुत चीज़ें होती हैं करने के लिए।

शायद यही कारण था की मैं दिखावे की दुनिया से दूर होकर हकीकत को जीना चाहता था। मैं उन छोटी - छोटी बातों को भी ध्यान से सुन रहा था जिसे लोग बकवास समझकर छोड़ देते थे।

मुझे आज़ भी वो दिन याद है जब मैं सुबह - सुबह बंद कमरे से निकल कर अंगड़ाई लेते हुए जनवरी के महीने में साथ वाले लडके से बोला था की आज़ तो बहुत कम ठंड है यार, इस बात को सारा दिन में, मैं कई बार बोल चुका था।

शाम का समय था और सुबह से लगातार पढ़ाई करके मैं पूरी तरह से थक चुका था। मुझे लगा की 10 - 15 मिनट के लिए कहीं बाहर घूम कर आता हूं जिससे मन भी प्रसन्न हो जाएगा और बाहर कुछ खा भी लूंगा।

मैं बाहर निकला और जैसे ही कुछ दूर आगे बढ़ा मुझे एक भेलपुरी की दुकान मिली जहां क़रीब 65 वर्ष के एक बुज़ुर्ग खड़े थे। मैं दुकान गया और उनसे एक प्लेट भेलपुरी के लिए बोलते हुए वहीं खड़ा हो गया। वो भेलपुरी बना ही रहे थे की एक सज्जन बंद कमरे से निकल कर दूसरे सज्जन को देखते ही 'आज़ ठंड बहुत कम है' बोलते हुए आगे बढ़ने लगे।

मैं भी उन सज्जन के समर्थन में था इसलिए यही बात मैं भी बोलने जा रहा था क्योंकि ठंड तो ख़ैर मुझे भी नहीं लग रही थी। मैं उन सज्जन की समर्थन में बोलता उससे पहले वो बुज़ुग दादा बोले, 'जो लोग सारा दिन अपने घरों के अंदर रहते हैं, अपनी दुकानों के अंदर

रहते हैं उन्हें क्या ही मालुम की ठंड ज्यादा है या कम, वो तो उनको पता होता है जो सारा दिन बाहर खड़े रहते हैं।' कल मैं ठंड की वजह से दुकान भी नहीं खोल पाया था।

बुजुर्ग दादा की ये बात सुनकर मुझे मानो धक्का सा लग गया हो क्योंकि सुबह से मैं भी तो यही कह रहा था की आज ठंड बहुत कम है। आज़ मुझे ये बात भी समझ आ गई थी कि 'सबकी जिंदगी एक जैसी नहीं होती है।'

×××

मेरी दिनचर्या के अनुसार हर रोज़ की तरह आज भी मैं शाम के वक्त चाय के साथ अंग्रेज़ी समाचार पत्र पढ़ रहा था लेकिन इत्तफ़ाक की बात ये थी की मैं पूरा अंग्रेज़ी समाचार पत्र पढ़ता भी था और उस वक्त समझ भी जाता था। पर कुछ ही पलों में सबकुछ भूल जाता था। पूरा खाली।

मैं आज़ भी अपनी दिनचर्या की तरह समाचार पत्र लेकर पढ़ रहा था। पढ़ना क्या? यूं कहें की मेरे और समाचार पत्र के बीच जो अंग्रेज़ी भाषा का आदान - प्रदान हो रहा था मैं उसी में उलझा हुआ था तभी मेरे फ़ोन ने संकेत दिया की मम्मी फ़ोन कर रही हैं।

मैं फ़ोन उठाया और मम्मी से बातें करने लगा। मम्मी भी रोज़ की तरह आज़ भी बात कर रही थी कि

कुछ खाए?

मैं - हां,

मम्मी - अच्छा भईया, खाने पीने पर ध्यान देना

मैं - हां

मम्मी - थोड़ा बहुत देशी चना फुला लिया करो और उसे खाया करो, उसमें ताकत भी बहुत होता है और विटामिन भी।

मैं - तुम परेशान न हो, मैं खाता हूं।

मम्मी - वहां पर देशी चना मिलता है या नहीं?

मैं - हां

मां की ममता तो मां की ममता होती है। उन्हें भले ही ये नहीं पता था की चना में विटामिन के साथ - साथ और भी बहुत कुछ मिलता है लेकिन उन्हें ये ज़रूर पता था कि विटामिन से बहुत सारे लाभ होते हैं शायद इसलिए वो मुझे बोली थी। आज़ अधिक ज्ञान और नेक इरादे के बीच नेक इरादा और मां की ममता जीत गई थी।

माना मम्मी चना इसलिए खाने को बोली थी की उसमें विटामिंस होते हैं और ये मुझे पता था की चना में विटामिन के साथ - साथ और भी बहुत कुछ पाए जाते हैं।

एक महीने बाद...

दोपहर का समय रहा होगा जब मेरे फ़ोन में एक अंजान नंबर से कॉल आया था। मैं कॉल उठाने के बाद हेलो बोलते हुए फ़ोन को कान में लगा लिया।

एक अजनबी की आवाज़ आई,

हेलो,

आप प्रकाश बोल रहे हैं?

जी बोल रहा हूं, बोलिए

आप कौन?

बोलने के बाद मैं जवाब का इंतजार करने लगा

उधर से आवाज़ आई,

सर यहां पर एक दुर्घटना हो गई है जांच करने पर हमें आपका नम्बर मिला है जिस पर कई कॉल किए गए थे।

36.

'जीवन के उस मुकाम पर हूं मैं,
जहां, खुश रहने के लिए परेशान हूं मैं।'

प्रकाश की जीवन में ये पंक्तियां एकदम सटीक बैठती थी। सफ़लता की उतार - चढ़ाव के बीच बिना सर, पैर के भागती ये जिंदगी जिसका न तो किसी को शुरवात पता होता है और न ही इसका अंत। अगर तैरना जानते हैं तब तो ठीक है नहीं तो डूबना तो निश्चित ही रहता है।

मैं जब भी प्रकाश जैसे लड़कों को देखता हूं तो मुझे बस यही अहसास होता है की जब इनका चयन नहीं हो पा रहा है तो मेरा क्या ही होगा? कभी - कभी चेहरे की चमक दिखे या न दिखे लेकिन उदासी छाप छोड़ ही जाती है। मैं भले ही अपनी तैयारी अच्छे से कर रहा था लेकिन अब मुझसे प्रकाश का उदास चेहरा देखा नहीं जा रहा था।

'चारों ओर रिश्तों से घिरी दीवार हूं,
कुछ लोगों के लिए उनका परिवार हूं।
जहां मां, बाप, भाई, बहन सब हैं
मैं इनकी बीच का बस, एक किरदार हूं।'

प्रकाश का आज़ साक्षात्कार था इसलिए वो नहा धोकर एकदम साफ़ सुथरा बने हुए थे। तीनों घरों में बात करके सभी बड़ों का आशीर्वाद लिए। मैं उन्हें शुभ काम के तौर पर दही चीनी खिलाया और साथ में साक्षात्कार दिलाने के लिए उन्हीं के साथ चला गया।

निश्चित समयानुसार प्रकाश साक्षात्कार देने के लिए अंदर प्रवेश किए और मैं उनका बाहर इंतजार करने लगा। कुछ घंटों बाद मैं देखा तो प्रकाश अपने चेहरे पर एक प्यारी सी मुस्कान लिए दरवाज़े के बाहर आते हुए दिखे। मैं उन्हें मुस्कुराता हुआ देख कर अंदर से बहुत खुश हो गया था और सोचने लगा की अगर प्रकाश मुस्कुरा रहा है तो इसका मतलब साक्षात्कार अच्छा गया है।

प्रकाश जैसे ही मेरे पास आए मेरा पहला सवाल जो था वो यही था कि,

साक्षात्कार कैसा गया?

प्रकाश - एकदम अच्छा

मैं - सही बताओ यार

प्रकाश - सही बोल रहा हूं।

मैं - तुमको इस बार का क्या लगता है ?

प्रकाश - हो तो जाना चाहिए, बाकी देखते हैं

मैं और प्रकाश एक - दूसरे से सवाल ज़वाब करते जा रहे थे तभी प्रकाश दुःखी मन से आंखों में आंसू भरे हुए बोले,

यार अभी भाई,

ये मेरा आख़िरी प्रयास रहेगा,

मैं अब हिम्मत हारने लगा हूं,

तुम इस बात को समझ सकते हो,

अभी तक मेरे और प्रकाश के रिश्ते को जितने भी साल हुए रहे होंगे, ये पहला ऐसा सवाल था जिसका जवाब मेरे पास नहीं था और शायद होगा भी नहीं।

×××

प्रकाश के साक्षात्कार होने के महीनों बाद, उसका परिणाम आने पर, नम आंखों से जब मैं प्रकाश से एक सहज सा सवाल किया कि प्रकाश तुमको इस शहर ने क्या सिखाया, तुम इस शहर से क्या सीखे? तब उसका जो जवाब आया था। हम उसे इस कविता के माध्यम से समझ सकते हैं।

कुछ को खुशहाल, तो कुछ के,

छालों से भरे पांव देखा है।

कुछ के घर इतना की लुटा रहे हैं, वो
कुछ के घर मुट्ठी भर अनाज देखा है।
मैंने बदलाव देखा है।

कुछ के घरों में है सब कुछ,
कुछ को थोड़े समानों के लिए परेशान देखा है।
कुछ के प्रति इनका सम्मान चुकता ही नहीं,
कुछ के प्रति तिरस्कार देखा है।
मैंने बदलाव देखा है।

कुछ पास है ही नहीं, कोई,
कुछ के घर जीवन उद्धार देखा है।
कुछ के पास थोड़ा भी समय नहीं,
कुछ के पास इतना की, अपमान देखा है।
मैंने बदलाव देखा है।

यार अभी, कुछ के घर तो किताबें ही नहीं,
कुछ के घर किताबों का भंडार देखा है।
कुछ को बहुत प्यार है उसकी जिंदगी से,
कुछ को उन्हीं की हाथों बर्बाद करते देखा है।
मैंने बदलाव देखा है।

कुछ के पास नहीं है तन ढकने को कपड़े
कुछ के पास दिखावे वाला बुखार देखा है।
कुछ के पास इतना भी नही की जरूरतें पूरी हों,

कुछ के घरों में पैसों का अपमान देखा है।
मैंने बदलाव देखा है।

कुछ करते हैं सम्मान अपनों का,
कुछ के तो सम्मान में भी अपमान देखा है।
कुछ करके भी नहीं बताते, किसी से
कुछ तो करते भी नहीं बस हा, हा कार देखा है।
मैंने बदलाव देखा है।

कुछ को कड़ी धूप में नंगे पैर तो,
कुछ के यहां ब्रांडों का भंडार देखा है।
कुछ नहीं करते हैं, कुछ भी,
कुछ को कुछ करने के लिए परेशान देखा है।
मैंने बदलाव देखा है।

कुछ चुरा कर रखते हैं चीजों को,
कुछ को सबकुछ कुर्बान करते देखा है।
कुछ के घरों में संस्कारों की कमी है,
कुछ के घर चरणस्पर्श वाला प्यार देखा है।
मैंने बदलाव देखा है।

कुछ के मुख से कड़वे शब्द निकलते हैं,
कुछ की बोलियों में मिठास देखा है।
कुछ के घरों में नहीं हैं एक भी समान,
कुछ के घरों में मशीनों का भंडार देखा है।

मैंने बदलाव देखा है।

कुछ, कुछ भी नहीं करना चाहते,
कुछ की आंखों में कुछ करने की भूख देखा है।
कुछ देखते रहते हैं उन समानों को,
कुछ को बनता खरीददार देखा है।
मैंने बदलाव देखा है।

कुछ सो जाते हैं सुकूं से सड़कों पर,
कुछ को नींद न आने से बीमार देखा है।
कुछ तो हस्ट पुष्ट हैं इस जीवन में
कुछ के पास बीमारियों का भंडार देखा है।
मैंने बदलाव देखा है।

कुछ कर देते हैं भला मुफ़्त में लोगों का,
कुछ को बस पैसों के प्रति, प्यार देखा है।
कुछ के प्रति देखा हूं अनेकों दुवाएं,
कुछ के प्रति ढेर सारे श्राप देखा है।
मैंने बदलाव देखा है।

कुछ को वो, दे रहे थे दर्ज़ा भगवान का,
कुछ लोगों के प्रति गालियों की बौछार देखा है,
कुछ सह जाते हैं, हर दुःख, परेशानी,
कुछ को हर पल बस, परेशान देखा है।
मैंने बदलाव देखा है।

37.

या तो मैं जीतता हूं या सीखता हूं पर हारता कभी नहीं हूं। प्रकाश की कही ये चंद शब्द सिर्फ़ शब्द ही नहीं थे बल्कि वो ताकत थी जिसको अपना सबकुछ मानकर वो आगे बढ़ रहा था।

साक्षात्कार के परिणाम का हमारी तरह हज़ारों उम्मीदवार, उनके सगे संबंधी, रिश्तेदार, परिवार और घर के सभी सदस्य इंतज़ार कर रहे थे। शहर का माहौल भी इस वक्त ठीक - ठीक बना हुआ था। सबके जुबां से सिर्फ़ एक ही बात निकल रही थी की इस परीक्षा की आखिरी सूची (चयन सूची) आने वाली है।

प्रकाश की डायरी से,

हेलो,

आप प्रकाश बोल रहे हैं?

जी बोल रहा हूं, बोलिए

आप कौन?

बोलने के बाद मैं जवाब का इंतजार करने लगा

उधर से आवाज़ आई,

सर यहां पर एक दुर्घटना हो गई है जांच करने पर हमें आपका नम्बर मिला है जिस पर कई कॉल किए गए थे।

आज़ मुझे लगा कि जिन अंजान कॉलों को हम अपशब्द बोल कर काट देते हैं कभी - कभी वही अंजान कॉल अपनी ताकत दिखाते हुए हमें अपनी ओर खींचने लगती हैं। मैं उस अजनबी की बातें सुनकर एकदम से परेशान हो गया था।

मेरे दिमाग में कई सारी नकारात्मक विचारें आने लगी थी। कभी मेरा दिमाग घर की ओर जा रहा था तो कभी प्रिशा की ओर, कभी रोहन की ओर तो कभी मां की ओर। एक - एक करके उन सभी की छवियां मेरी आंखों में नाचने लगीं।

मैं अभी, शहर से,

साक्षात्कार का परिणाम आने की खबरें जोरों से वायरल हो रही थी सभी परेशान थे। सबके दिमाग में बस एक ही सवाल चल रहा था।

पता नहीं क्या होगा?

ये हम सबके लिए ऐसा समय था जिसमें सवाल होने के बाद भी पूछने की या फिर किसी को बताने की हिम्मत नहीं हो रही थी। मेरे पास, प्रकाश के पास तमाम कॉले आ रही थी लेकिन बस हाल चाल लेकर कट हो जाती थी। ये वो पल था जहां सिर्फ़ एक परिणाम की बात नहीं थी बल्कि इसके साथ बात थी, गांव - शहर, मां की ममता, पिता की ताकत, भाई की उम्मीदें, बहन की प्रार्थना, दोस्तों की मेहनत और प्रकाश के तप की।

मै जीवन को असंभव नहीं संभव मानकर चलता हूं कहने वाला प्रकाश आज़ -कल बस मायूसी का शिकार हो रहा था।

प्रकाश की डायरी से,

मेरी आंखों में तमाम चेहरे नाचने लगे थे, देखते ही देखते मैं पसीना - पसीना हो गया था। मुझे समझ ही नहीं आ रहा था की उस वक्त मेरे साथ क्या हो रहा था? हज़ारों, लाखों सवालों के ज़वाब जानने के बाद भी मैं आज़ निशब्द था।

सर, आवाज़ आ रही है मेरी आपको?

हां, आ रही है बोलिए,

सर, आप जितनी जल्दी हो सके उतनी जल्दी इस पते पर आ जाइए क्योंकि मैम का बहुत सारा खून बह गया है।

इतना सुनने के बाद मेरे दिमाग में कई सारी दुविधाएं खत्म हो गई थी। मैं लंबी आहें भरा।

थोड़ी ही देर बाद मेरे दिमाग में दोबारा से कुछ नाम चलने लगे थे?

कहीं,

इशिका को कुछ?

मम्मी?

प्रिशा?

मैं जब पता देखा था तो उसे देखकर मुझे इतना तो समझ आ गया था की इस दुर्घटना का मतलब शहर से नहीं है।

मैं अभी, शहर से,

उफ़!

साक्षात्कार परिणाम,

सन् 2006 में रिलीज़ फिल्म 'रंग दे बसन्ती चोला' का 'खलबली है खलबली' गाना आज़ कुछ ज्यादा ही याद आ रहा था। कुछ ही मिनटों में पता चला की आखिरी परिणाम आ चुका है। प्रकाश पूरी तरह से घबड़ाए हुए थे क्योंकि कुछ ही सेकेंड बाद फिर से ये आख़िरी सूची प्रकाश की हकीकत , उनकी मेहनत बताने वाली थी।

हर जगह, गांव, शहर, सगे संबंधी, रिश्तेदार, मेरे यहां, रोहन के यहां और प्रकाश के यहां सभी की सांसे अटकी हुई थी। हर जगह मान - मानता माना जा रहा था। मैं, रोहन और हम सभी बस एक ही चीज़ दोहरा रहे थे कि हे प्रभु, सबकुछ अच्छा करना।

कुछ हज़ार के फोन में वो जो कुछ पन्नों की पीडीएफ थी, वो सिर्फ़ पीडीएफ ही नहीं थी बल्कि उसमें कईयों की जिंदगियां थीं।

प्रकाश की डायरी से,

आज़ पता पढ़ते वक्त मेरे हांथ कांप रहे थे मानो मेरा सबकुछ चला गया हो।

'दुनिया का सबसे कठिन काम,

किसी अपने का भरोसा जीतना।'

मैं पता पढ़ते ही जो भी पहना था उसी तरह घर से निकल पड़ा। मेरे हांथ में जो फ़ोन था उसमें बहुत सारी चीज़ें थी लेकिन एक छोटा सा पता मेरे दिल और दिमाग़ में हावी हो चुका था। मैं पूरी तरह से उस पते की चंगुल में फंस चुका था, मेरी आंखों से आंसू बहे जा रहे थे, मेरे हांथ - पैर कांपने लगे थे, मेरी ज़ुबान बोलते वक्त लड़खड़ाने लगी थी। मैं, मेरा

मन, मेरी शरीर, मेरा सबकुछ आज़ पूरी तरह से बेकाबू था। मैं किसी तरह लोगों से लड़ते, डरते, गिरते, लड़खड़ाते, रोते हुए उस जगह पर, उस पते पर पहुंच गया था।

मैं अभी, शहर से,

प्रकाश आज़ कुछ ज्यादा ही निराश था। मैं फ़ोन को भले ही अपने हाथों में लिए बैठा था लेकिन आज़ परिणाम देखने का मन ही नहीं कर रहा था। मुझे याद है जब प्रकाश साक्षात्कार देकर वहां से निकले थे तभी वो मुझे बता दिए थे की इस बार मेरा चयन हो जाना चाहिए।

मुझे प्रकाश की वो सारी बातें याद थी, हैं, जो वो मुझसे किए थे, मुझसे बोले थे। मुझे यहां तक पता था की प्रकाश बहुत मेहनती है, बहुत अच्छा है, ज्ञानी भी है, पढ़ने में तेज़ है और मुझसे कई गुना ज्यादा समझदार है लेकिन इन सब के बावजूद भी मैं आज़ उसका परिणाम देखने में डर रहा था और मेरा मन मुझे उसका परिणाम देखने से मना कर रहा था।

मैं इस वक्त तमाम दुविधाओं में फंसता चला जा रहा था। बस यही कारण था की मैं असफलता जैसी भयावह डर की वजह से उसका परिणाम देखने की हिम्मत नहीं कर पा रहा था इसलिए उस वक्त को, उस पल को मुझे लगता है कि प्रकाश से अच्छा कोई और नहीं समझ सकता था। हम लोग अलग - अलग उदाहरणों से, तमाम प्रकार की बातों से आज़ के दिन सिर्फ़ अंदाज़ा ही लगा सकते थे।

'आज़ के दिन पूरी कायनात एक तरफ़ और प्रकाश का परिणाम एक तरफ़ था।'

मैं सभी देवी - देवाताओं को ध्यान में रखते हुए परिणाम देखने लगा। मैं पीडीएफ में प्रकाश का रोल नंबर डाला और साथ ही साथ प्रकाश का नाम भी।

नाम, रोल नंबर भरने के बाद, पीडीएफ जवाब दिया___?

प्रकाश की डायरी से,

मैं उस पते पर पहुंचने के बाद देखा तो वहां पर कोई नहीं था। मैं कई लोगों से अपनी लड़खड़ाती हुई ज़ुबान में पूछने लगा जिनमें आधिकांश लोगों का ज़वाब 'मुझे इसके बारे

में कुछ भी नहीं पता है' था। दुर्घटना का पता न चल पाने की वजह से मेरी हालत और भी बिगड़ने लगी थी। मैं पूरी तरह से और भी नकारात्मक होने लगा था, ज्यादा परेशान होने लगा था। मेरी हिम्मत टूटने लगी थी, आंखें बंद होने लगी थी मानो मैं बेहोशी की हालत में हूं। मुझे अब कोई रास्ता नहीं दिख रहा था इसलिए मैं वहीं सड़क पर ही बैठ गया। मुझे अचानक से उस अंजान कॉल का याद आया और याद आते ही मैं उसे कॉल किया,

हेलो की आवाज़ आई,

उस आवाज़ को सुनते ही मैं बोला,

हेलो भईया, मैं प्रकाश बोल रहा हूं,

अभी थोड़ी देर पहले हमारी बात हुई थी,

कब?

अभी कुछ देर पहले ही,

एक दुर्घटना को लेकर,

अच्छा, हां, याद आया,

इस वक्त कहां हो तुम?

भईया मैं तो यहीं हूं जो पता आप दिए थे लेकिन यहां तो कुछ समझ ही नहीं आ रहा है। मैं कई लोगों से पूछा हूं लेकिन उनका जवाब 'वो नहीं जानते हैं' था।

अच्छा,

प्रकाश यार तुमको आने में देर हो गई थी इसलिए मैं एंबुलेंस और पुलिस की मदद से अस्पताल पहुंचवा दिया था।

भईया, अस्पताल का नाम क्या है?

वो मुझे अस्पताल का नाम बताए और मैं बहुत - बहुत धन्यवाद बोलते हुए अस्पताल की तरफ़ फूलती सांसों को साथ लिए चल पड़ा।

मैं अभी, शहर से,

मैंने पीडीएफ खोला और उसमें प्रकाश का नाम और रोल नंबर भरा।

नाम, रोल नंबर भरने के बाद, पीडीएफ का जवाब आया, 'नो मैचेज फाउंड'।

ओह गॉड!

वंस अगेन ऐज बिफोर।

प्रकाश की डायरी से,

मैं अस्पताल पहुंचने के बाद इधर - उधर भाग रहा था, भटक रहा था। मुझे कुछ भी समझ नहीं आ रहा था। मैं बार - बार लोगों से पूछ रहा था लेकिन वो बिना मेरे सवालों का ज़वाब दिए ही आगे बढ़ जाते थे। अब तक मेरी इतनी ज्यादा हालत ख़राब हो चुकी थी कि मैं क्या बोल रहा था? क्या कर रहा था? मुझे कुछ भी समझ नहीं आ रहा था।

मैं किसी तरह रिसेप्शन (स्वागत कक्ष) पहुंचा और वहां बैठी मैडम को सबकुछ समझाने की कोशिश किया। मैडम कुछ देर बाद मुझे एक कमरे में ले गई जहां पहुंचते ही मैं पागलों की तरह बर्ताव करने लगा था। मेरे सामने खून से लथपथ एक मृत शरीर पड़ी हुई थी जिसे इस हालत में देखना मेरे बस की बात नहीं थी।

उफ़!

प्रकाश की डायरी की आख़िरी पृष्ठ में लिखे हुए कुछ शब्द,

हे डायरी,

तुम मेरी प्रिशा हो न,

मैं तुमसे दिल की बातें करने आया हूं,

तुम सुन रही हो न,

उफ़! प्रिशा, डायरी बंद।

.

.

.

.

.

शुभम् अस्तु! (स्टे ब्लेस्ड)

www.ingramcontent.com/pod-product-compliance
Lightning Source LLC
LaVergne TN
LVHW031425170726
843492LV00009B/2868

* 9 7 8 8 1 9 7 0 8 2 7 7 1 *